U0536275

〖中华诗词存稿·名家专辑〗

中华诗词学会 编

# 杨金亭诗选

杨金亭 著

图书在版编目（CIP）数据

杨金亭诗选 / 杨金亭著 . -- 北京 : 中国书籍出版社 , 2019.11
（中华诗词存稿）
ISBN 978-7-5068-7538-7

Ⅰ . ①杨… Ⅱ . ①杨… Ⅲ . ①诗词—作品集—中国—当代 Ⅳ . ① I227

中国版本图书馆 CIP 数据核字 (2019) 第 256151 号

**杨金亭诗选**

杨金亭 著

---

**责任编辑** 王志刚
**责任印制** 孙马飞　马　芝
**封面设计** 采薇阁
**出版发行** 中国书籍出版社
**地　　址** 北京市丰台区三路居路 97 号（邮编：100073）
**电　　话**（010）52257143（总编室）（010）52257140（发行部）
**电子邮箱** eo@chinabp.com.cn
**经　　销** 全国新华书店
**印　　刷** 北京虎彩文化传播有限公司
**开　　本** 710 毫米 ×1000 毫米 1/16
**字　　数** 220 千字
**印　　张** 22.5
**版　　次** 2019 年 11 月第 1 版　2019 年 11 月第 1 次印刷
**书　　号** ISBN 978-7-5068-7538-7
**定　　价** 328.00 元

---

# 《中华诗词存稿》
# 编委会名单

## 作者简介

杨金亭，1931年生，笔名若萍、影窗、鲁扬，山东宁津县人。1946年入党并参加工作，1956年入河北天津师院中文系学习，毕业后留校任教。60年代初，从南开大学王达津教授进修中国文学批评史，1976年调《诗刊》工作，曾任《诗刊》编审、副主编。现为中华诗词学会顾问，北京诗词学会副会长，《中华诗词》主编，《北京诗苑》、《诗刊》编委，中国曲艺家协会、作家协会会员。著有《村歌唱晚》、《编余诗话》、《虎坊居诗草》等，主编有《陶铸诗词选注》、《中国百家旧体诗选》、《中国抗战诗词精选》、《北京百家诗词选》等十几种。

# 总　序

我们这个诗歌大国有一个很好的传统，历来注重“采诗”、搜集整理诗歌材料。作为唯一的全国性诗词组织的中华诗词学会，自1987年5月成立以来，就十分重视这项工作。学会每年的学术研讨会和历届“华夏诗词奖”，都出版论文集和获奖作品集。纪念学会成立二十年、三十年时，还专门编辑出版了《大事记》《论文选集》《诗词选集》。《中华诗词》创刊以来，每年都制作年度合订本。2007年5月，在北京天识东方文化艺术传播有限公司的资助下，以近代以来诗词创作、诗词理论、诗词运动重要文献汇编，当代名家个人作品专集等为主要内容，出版了《中华诗词文库》。经过十来年的编辑整理，已经出了近百卷。这些诗集、文集的出版，记录了近百年来尤其是改革开放四十多年来，中华诗词从起步、复苏走向复兴的砥砺前行的历程，为近、当代诗歌史的撰写准备了丰富的资料。

党的十八大以来，中华民族优秀传统文化重新受到应有的重视。习近平总书记《念奴娇·追思焦裕禄》词和《军民情》七律的相继发表，引领中华大地诗潮滚滚而来。《中共中央关于繁荣发展社会主义文艺的意见》和中办、国办《关于实施中华优秀传统文化传承发展工程的意见》，都明确提出“加强对中华诗词、音乐舞蹈、书法绘画、曲艺杂技和历史文化纪录片、动画片、出版物等的扶持。”国家教育部组织制定由中华诗词学会起草的新中国语言体系中的新韵书《中华通韵》已经通过国家语言文字工作委员会语言文字规范标准审定委员会审定，即将颁布全国试行。这些都使我们真切地感受到，中华诗词的春天真的到来了。诗人们乘着骀荡春风，正以高昂的激情，书写着中华民族伟大复兴的新时代、新史诗，国家富强、民族振兴、人民幸福的中国梦；正以与人民同呼吸、共命运的诗人之心，对人民的欢乐、人民的忧患、人民的情怀给以诗意的表达；正以“美”或“刺”的诗人之笔，对市场经济大潮中人民对幸福生活的期待，对美好未来的希望，对假丑恶的深恶痛绝，或给以方向，或给以赞美，或给以鞭挞。正如习近平总书记所指出的：“好的文艺作品就应该像蓝天上的阳光、春季里的清风一样，能够启迪思想、温润心灵、陶冶人生，能够扫除颓废萎靡之风。”

当前，传统诗词创作者和诗词爱好者队伍发展迅速，已超过三百万。每天创作的诗词作品超过唐诗、宋词、元曲的总和。诗词评论研究队伍也成长很快，诗词评论、诗词学、诗词创作理论研究成果丰硕。如何从浩如烟海的诗词作品中“淘”出优秀作品，并使之存下来、传下去，如何使诗词研究理论成果“面世”并发挥应有的指导作用，确实是摆在我们面前的无可回避的一个重要课题。中华诗词学会是一个没有国家编制，没有国家拨款的社会团体，事业的运转主要靠社会赞助和会员费支撑。俊识（北京）文化传媒有限公司总经理吕梁松、北京采薇阁总经理王强，两位一直是对中华传统文化情有独钟的热心人，慷慨解囊，愿意同中华诗词学会一起，搜集整理编辑推出《中华诗词存稿》这套书，共同为中华诗词文化的继承和发展，做成这件十分有意义的事情。

《中华诗词存稿》主要搜集整理出版三部分内容的资料：一是当代诗词名家的个人作品集；二是当代诗词评论家、诗词学者的学术著作集；三是当代诗词作品、诗词理论学术成果阶段性、专题性、地域性的集成类作品集。诗词作品强调精品意识，沙里淘金，把“有筋骨、有道德、有温度”的优秀诗词作品搜集起来。诗词评论、研究类资料强调理论性和创新性，应具有鲜明的个性特点，具有创建性的见解。集成类的资料应有一定的史料保存价值。总之，做成一套具有当代价值和历史意义的好书。在此，我们编委会人员，向提供资料、筛选编辑、版面设计、校对勘误，包括所有为这套资料付出辛勤劳动的同志们，表示真诚的谢意！

郑欣淼

二〇一九年七月于北京

# 序

杨金亭师首先是一个自觉的革命者，同时是一个自觉的诗人。革命因自觉而成信仰，诗因自觉而入浩荡，都值得尊重。

革命者能诗者众，二十世纪诗史可证。金亭师《虎坊居诗草》为中国革命与建设歌唱，热烈而真诚。对此，秦中吟《读杨金亭先生的〈虎坊居诗草〉》一文曾有精到的品评：

他写诗是为了言志抒情，言人民之志，抒革命之情。他的诗是他人生征途上情感历程的记录，有当年革命的和参加共和国建设的豪情，也有因历史的挫折与人民一样不幸的悲痛，但却不是伤心的哀号。纵是艰难困苦时刻，他的理想和信念也始终未曾动摇。……真诚是其基调，阳刚美是风格特征。

正气凛然，铁板铜琶，大声镗鞳，读这本在《虎坊居诗草》基础上增定而成的《杨金亭诗选》，确能感受到天风海雨逼人的气势。前人每以“正大”说诗。金亭师之诗，多归正大之境。

诗之自觉，可以从金亭师《虎坊居诗草自序》中得到启示：

我的编选原则是：一、真正的缘景缘情缘事而发，所谓“情动于中而形于言”，以至于块垒在胸，不吐不快的篇什；二、诗中或浓或淡有一点意境韵味，且从中流露或折射出一点时代感和生活气息者；三、或多或少有一点自己的诗词话语；四、大体合律。

言志缘情关涉诗之功能，意境韵味关涉诗之境界，诗语诗律关涉诗之技艺。既重诗道之宏观，又重诗艺之微观。金亭师诗之自觉，正表现为“技进乎道”。

这一切又可由金亭师创作实践中得到证明。

如果说金亭师前期作品中还偶尔可见“四化宏图起碧空”、“长歌慷慨颂升平”之类的公共话语，那么，从其后续诗作中，我们就能真切感受到他由政治话语向公共话语，又由公共话语向诗家话语的突围：“瓜果连棚鲜四季，南风吹绿到京城”。（《城南即兴四首》之四）“石裂云颓歌未竟，莲峰十二訇然开。”（《听王亚平教授骚魂新论》）“万念尘劳杳然去，梦中得句觉空灵。”（《夜宿新晃宾馆》）“自清亭下观飞瀑，磅礴天书大写人。”（《登仙岩山》）“苦茶漫品回甘味，依旧难消两岸愁。”（《洞头海滨品茶》）“疑是长征留火种，燎原一炬万山红。”（《九寨沟红叶》）“催诗最是天孙巧，为织辉煌七彩虹。”（《雨中天池》）“相逢最是惊心处，高瀑云埋万壑雷。”（《白山观瀑》）“砺兵须亮倚天剑，待扫东条未死魂。”（《参观北山要塞遗址》）“万道禅关一刹悟，美人如玉剑如虹。”（《重过五台山》）……或酣畅，或嘹亮，或潇洒，或飞动，或沉郁，或烂漫，或璀璨，或瑰伟，或劲健，或高妙，都能“状难写之景如在目前，含不尽之意见于言外”。诗家语之妙用，端的是匪夷所思；而金亭师诗学之自觉与诗作之不苟，亦于此可见。

突围不易，前行更难。金亭师之成就对当代诗坛无疑极富启示意义：从政治话语和公共话语的局限中突围，上下求索，挑战自我，就一定能柳暗花明，最终掌控诗词话语权。

这本选集内无题诗甚多，亦忧伤，亦美丽，颇得玉溪风神。其中《无题十首》情辞并茂，尤为杰特。现不惜篇幅，引录如下：

一

诗心未老发星星，直道孤行过半生。
破境才圆秋夕月，鼓盆又哭素帷灯。
青春血泪花千树，绿鬓柔情梦五更。
寄语蓬壶痴女史，知音隔世赏清声。

二

一唱阳关咽柳烟，相逢执手惜秋残。
沧桑可变情难老，碧海枯时泪不干。
才诉离衷星汉远，采来灵药断桥寒。
可怜二十三年忆，倩影姗姗镜里看。

三

梦痕雨湿夜茫茫，一别人天几度霜。
古道有家思旧巷，泉台无路慰孤芳。
梅庐读画成空忆，湘水投诗只自伤。
车过君山望湖祭，鹃啼断续助凄凉。

四

回眸一笑再逢难，热线牵来五隔年。
杯酒倾心交梦语，峡云无迹化诗笺。
柳烟轻拂蓝田玉，彩凤栖迟紫塞山。
素手香温银汉冷，碧城十二倚栏干。

五

解语梅凋玉化尘，潇湘斑竹泪留痕。
蓬山有意怜孤旅，雁字多情递好音。
蝶梦时牵瀛海岛，诗心还绕镜湖滨。
痴深欲诉相如赋，霜鬓何堪望彩云。

六

谁家锦瑟咽离声，苦雨凄风未解晴。
每忆丹江同棹渡，难期洛浦再生盟。
频年心曲相思结，何日眉峰一笑平？
青鸟不传伊甸信，碧天凉夜卜寒星。

七

晚晴幽草识仙姝，天意怜人恨自舒。
孤馆重吟如梦令，梅庐好作望云图。
白杨拂晓晨挥剑，红袖添香夜读书。
闻道秋桐堪引凤，紫霞可待下燕都。

八

词笔风流邂逅逢，舷窗挥手各西东。
碧云轩照齐州月，紫石斋邀北海风。
秋色三分芳草绿，人生几度夕阳红。
诗成欲寄天涯远，肠断寒更两地同。

九

阳春白雪断还连，残月霜风冷透绵。
旧梦重温情脉脉，古城一别月娟娟。
曾经秋色东篱艳，难了晚晴西照缘。
桐叶惊秋鸾鸟去，清声留韵伴孤眠。

十

易水萧萧独雁哀，连宵孤枕自徘徊。
难凭影视寻沉醉，聊借诗书遣郁怀。
幽梦忍离神女峡，瑶琴犹傍凤凰台。
天河若有灵桥渡，不信痴情可化灰。

刻骨铭心，天荒地老，《无题十首》足以当之。

无深情者不配言诗。金亭师真深于情者也：“青春血泪花千树，绿鬓柔情梦五更。”何等缠绵！“沧桑可变情难老，碧海枯时泪不干。”何等执着！“梅庐读画成空忆，湘水投诗只自伤。”何等哀婉！“素手香温银汉冷，碧城十二倚栏干。”何等怅惘！“频年心曲相思结，何日眉峰一笑平。”何等体贴！“秋色三分芳草绿，人生几度夕阳红。”何等感慨！“天河若有灵桥渡，不信痴情可化灰。”何等坚韧！一往情深，金石为开，故能灵机勃发，驱遣经史，化用诗骚，不求高妙而自然高妙。

爱情的形式是缘分，本质是理解。爱情靠三大支柱支撑：深情、智慧与勇气。所以，爱情因人而异：对智者，爱情是诗，是追求，是美的享受；对俗人，爱情是梦，是认命，是心的自欺。《无题十首》美丽而忧伤。忧伤缘于深情，美丽缘于审美。忧伤与美丽同时成为审美对象，若非大彻大悟大智慧，则绝难臻此境界。上溯三千年，重爱情而能审美能诗能撼人心魄者，李商隐、纳兰性德数人而已。由《无题十首》等诗可见，金亭师审美体验之独到，生命体验之深微，真可谓不让前贤，亦无愧于时代。

金亭师尚有政治题材与国际题材无题诗多首。如“英雄去后风云变，弱小何堪霸主骄。”“安全理事安何事，天下为公天不公。”等，亦皆言近旨远，寄慨遥深。本文笺笺，不能尽述。读诗者自可披文入情，别有会心。

上世纪八十年代末，经石河先生推荐，我的词稿曾在《诗刊》刊发，审稿者正是金亭师。那以后我对金亭师执弟子礼，长坐春风，迄今已过二十寒暑。今金亭师《杨金亭诗选》行将付梓，命我作序。我自知孤陋，而不敢辞。因略记读诗心得如上，以此表达我对金亭师诗作的珍爱和对其人品的敬仰。

是为序。

王亚平

2009年11月18日于京华说剑楼

# 目　　录



## 上　编

### 齐鲁杂咏

## 竹枝词

## 燕赵杂咏（一）

## 燕赵杂咏（二）

## 燕赵杂咏（三）

## 中州杂咏

## 两地诗笺

## 无题



## 瓣香集



## 杂感抒怀

## 听曲读画竹枝词

## 西行吟草



## 天山吟草

## 三晋行吟

## 南天吟草

## 杂诗

## 酬答题跋（一）

## 酬答题跋（二）

# 下 编

## 读诗杂兴

## 外　编

## 说唱诗



## 附　录

# 上编

# 齐鲁杂咏

## 胶东路上

丽日晴天四月初，村村七彩雨如酥。
农家自有丹青笔，描出人工致雨图！

## 草编作坊

黍皮织锦苇编席，鸟语花香举世稀。
齐鲁女儿多巧手，丝绸路上斗新奇！

## 山村访富

窗明几净石头房，梨枣殷勤劝客尝。
庄户新来谁忌富，家家邀我看余粮！

## 夜宿下丁家

山环水绕小山庄，千树娇梨斗素妆。
最爱金沟花月夜，袭人冷艳梦魂香。

## 烟台即兴

千里波涛十里山，一城烟雨柳姗姗。
销魂最是蓬莱小，逗我诗情上碧天。

## 为崂山耐冬题照

茜裙缟袂两娉婷，花隐芳魂月想容。
若向聊斋圆旧梦，崂山留影倚冬青！

## 青岛留别

一夜听潮客梦凉，晓来海岛小徜徉。
樱花惜别盈珠泪，红透碧纱半面妆！

## 登芝罘岛望海

谁插绿秧向浪尖？呼龙犁水似神仙。
浮芦千顷连天碧，道是新开海带田！

## 赠烟台地区招待所

楼傍仙山静不哗，开窗一片杜鹃花。
春风吹得人心醉，客舍情深胜似家！

## 过德州

古城无复认当初，苏禄碑前旧貌殊。
梦里萧萧芦荻水，楼台岸柳映平湖！

## 乡情

渤海风来惹梦频，秧歌婉转觅童音。
红缨花鼓消息树，长剑大刀炎汉魂。
蜜枣花香军旅醉，青纱帐暖老区亲。
十年磨难乡情在，哪管鬓丝缕缕新。

## 读《宁津文史资料》

新城古镇运河东，冀鲁边区旧擅名。
血溅平原存正气，刀横敌阵振雄风。
悲歌声咽十年恨，慷慨人争四化功。
已是粮棉丰产县，珠峰万仞再攀登！

1986年

## 读家信有感

十年乡里不堪闻，渤海风来报好音。
茅舍翻新盈喜气，粮棉丰产暖人心。
荧屏逗笑榴花院，社鼓频催铁马群。
我向天公重寄语：莫牵雷暴震农村！

## 寄儿童团旧友

故园每忆少年时，如火红缨系梦思。
放哨争攀千尺树，凯旋爱唱大刀诗。
平原蜜枣酬前线，战地黄花采传奇。
为问当年营火伴，何时冀鲁访边区？

1981年11月北京

## 谒宁津烈士祠

扪碑历历见雄风，烈士祠前仰老松。
烽火烧天鼙鼓壮，铁蹄匝地大刀横。
血凝冀鲁长虹碧，心照儿孙百代红。
劫后东风花满县，旗开四化又长征！

## 回故乡

风雨飘摇忆小村，归来疑梦复疑真。
碱洼惊见瓜畦绿，阡陌谁开渠网深？
照眼苹花初识面，傍墙老枣旧芳邻。
机声盈耳涡轮唱，春满家园处处新！

## 题宁津县引黄排灌站①

车过宁津复向东，碧天骤起巨雷声。
云中谁见神催雨？此地欣看电驭龙。
长鬣鲸吞黄水浪，平原浇出稻粮丰。
呼风唤雨人间事，当代愚公胜禹公！

【注】

① 排灌站在柴胡店公社前艾庄。百里外引来黄水，已将全县一些公社旱田变为水田。

## 参观柴胡店公社综合加工厂

萧萧车马荡征尘，小镇当年震海滨。
长夜棉乡鸣柚杼，凌晨布市卷轻云。
冷针热线村姑意，铁马冰河战士心。
旧地喜逢工业茂，长街广厦画图新。

【注】

解放战争时期，这里是渤海区棉纺手工业重镇，数百里外有“不知宁津县，只知柴胡店”之说。

## 过青州

探胜寻芳上五莲，青州一日小盘桓。
云门秀色来天地，海岱雄风壮简编。
凄切故园词妇怨①，忧思古井范公贤②。
红楼绿树滨河起，古镇春风改旧颜。

【注】

① 青州系宋代著名女词人李清照的丈夫赵明诚的故乡，李、赵故居遗址尚存。

② 宋代著名诗人范仲淹，曾任青州刺史，衙署遗址有一口井，称范公井。

## 潍城十笏园留题

古城何处访幽奇？深巷柴门隐士居。
峭壁嶙峋山势迴，荷塘潋滟画廊低。
琳琅我赏农家画，慷慨谁歌郑氏诗？
雅趣乡风千万缕，常随游子梦魂飞。

## 瞻仰郑板桥画像

民命千钧印绶轻，而今潍县说官声。
青衫每湿寒家泪，壮志难酬广厦情。
墨洒竹枝存直道，恨凝诗卷刺昏庸。
乌纱一掷余何物？朗朗青天两袖风！

## 聊城即兴

嘈切频年闹市中，清风一日洗尘胸。
平湖入望环城碧，梧叶遮天夹道青。
花气袭人烟气杳，莺声争树市声轻。
乡情如酒撩人醉，忘却抽身客郡城。

## 登光岳楼

光岳楼高上碧空，披襟八面沐雄风。
紫烟九点来蓬岛，黄水一川归海东。
芳草萋萋栖义丐[①]，苍松郁郁思范公[②]。
鲁西千里青纱帐，动地秋歌祝岁丰！

【注】

① 武训（1836-1896年），山东堂邑（今聊城西）人，曾在家乡行乞兴办义学。

② 范筑先（1882-1938年），山东馆陶人（今属河北），1936年任山东第六行政区专员兼聊城县长，“七七事变”后，积极抗战，1938年11月15日，与日军作战中光荣殉国。

## 临清运河码头感事

隋堤柳圮码头荒，塔影秋风冷夕阳。
几处截流成水库，千年漕运断梯航。
繁华空忆天津卫，画舫难闻梆子腔。
借问长安新水部，机帆何日渡京杭？

## 题景阳冈武松祠

俚曲曾闻武二郎，今朝来访景阳冈。
古碑漫证传奇梦，新塑重温水浒章。
棉海已非藏虎地，酒家何处透瓶香？
安良除暴人间事，哪有神仙降上方！

## 聊城留别诗人许继善同志

相知何必论交深，杯酒开怀见率真。
紫石画楼留政绩，黄河墨客感知音。
赋诗不惯吟伤痛，报国惟期惜寸阴。
执手莫兴华发叹，征途漫漫奋蹄奔！

1986年9月聊城——北京

## 寄园丁

谁言伯乐已难逢，默默愚公汗水倾。
野草丛中培劲草，乱红阵里采香红。
有心插柳枝条茂，着意栽花雨露浓。
拭目古城新艺苑，花明柳暗柏青青。

# 潍坊竹枝词（十二首）

余于去年五一，曾来潍坊参加讽刺诗研讨会。今年四月又有幸参加“同心”笔会，适逢“国际风筝节”开幕，览胜访古，感慨颇多，乃效板桥道人竹枝词笔意[①]，成俚曲若干首，记感抒怀，兼博潍坊诗友诸君一笑！

## （一）

相思不尽梦魂中，碧落莺飞忆画屏。
又是一年花事好，春风送我访潍城！

## （二）

五洋宾客会风筝，古镇风流处处逢。
郑令有知当快慰，竹枝含笑唱新声。

【注】

① 郑燮，（1693-1765年）号板桥，清乾隆十一年（1746年）知潍县事，有《潍县竹枝词》传世。

## （三）

麦风吹绿市声赊，香透帘栊一院花。
紫燕衔春迎远客，嘘寒问暖胜如家①。

【注】

① 1986年春，讽刺诗会在市委第三招待所召开，服务员热情服务，给人以宾至如归之感。

## （四）

扑面柳风戏海风，千车争路看风筝。
当年碱草穷荒地，放眼无边麦浪青。

## （五）

一缕柔丝万缕霞，天风浩荡送飞花。
深情一曲和平颂，唱彻五洲百姓家！

## （六）

古城何处最关情？四化宏图起碧空。
跨海“同心”携彩燕①，丝绸路上竞鹏程。

【注】

① “同心”是潍坊柴油机厂产品商标。该厂产品远销世界三十多个国家和地区。

## （七）

鸡斗红狐鼠戏狼，大千万类绣琳琅。
齐璜写意生花笔，尽付潍城巧手娘[1]。

【注】

① 工艺品展览会上，小动物千姿百态，栩栩如生。

## （八）

丹青倾国在乡村，桃李无言几代春？
举世于今夸绝艺，画家竟是种田人[1]。

【注】

① 杨家埠年画亦潍坊一绝。

## （九）

东风一夜换春光，红杏灼灼乱出墙。
笑语盈盈香满路，澳琪初试女儿装。

## （十）

恍惚身入仙源中，十里银花绽夜空。
蓬岛蜃楼隐现处，火龙腾跃兆年丰。

## （十一）

白狼泪尽潍河干，俚曲羞歌浪拍天[①]。
七品官船潮渐涨，古城何日水潺潺。

【注】

① 郑板桥《潍县竹枝词》有“城边春水拍天流”句。

## （十二）

竹枝清唱忆声声[①]，潍水风光已改容。
隔岸楼台三十里，桃花何处哭春风？

【注】

① 郑板桥《潍县竹枝词》有“隔岸桃花三十里”之句。1987年4月4日初稿于潍坊同心笔会，13日改于北京。

# 忆张斌[①]

往事如烟绕梦思，小楼论曲兴酣时。
亦庄亦谑君幽默，绘色绘声我入迷。
齐鲁有情存手稿，梨园何处觅琴师。
沉冤昭雪妖氛散，遥向明湖奠酒卮！

【注】

① 张斌（1929.12.7——1968.10.7），是我的小学同学，山东宁津人。著名戏曲音乐家，吕戏音乐奠基人。电影《李二嫂改

嫁》作曲、编剧；著有《吕戏音乐研究》，十年浩劫中被迫害致死。生前为中国音乐家协会理事。1979年平反昭雪。

## 读阎一强遗作[①]

每向遗篇忆故乡，黄河浪暖土生香。
丹青照眼蒙山好，意境撩人沂水长。
火柿蜜甜招旅客，茧筐舞醉逐蚕娘。
于今齐鲁荒颜改，欲起诗魂谱乐章！

【注】

① 阎一强，山东著名诗人。有诗集《沂蒙赞》传世。

## 读诗寄苗得雨[①]

乳燕清声动四方，童心未改恋山乡。
秧歌曾唱翻身调，俚曲犹吟四化章。
水泊传奇萦梦久，黄河风雨画图长。
相逢劫后诗思健，挥洒豪情赋万行！

【注】

① 苗得雨20世纪40年代中期开始诗歌创作，在山东解放区曾被誉为孩子诗人。

## 访郭澄清同志[1]

蓬门半掩麦田中，庄户书房绿野封。
长夜难明愁染鬓，东风化雨笔生情。
银屏争演挥刀谱，乡曲犹传爱社风。
春去春来春未老，华章卷卷唱中兴。

1981年5月

【注】

① 郭澄清（1930- ），山东宁津县人。作家。有长篇小说《大刀记》传世。

## 大连赠前辈诗人塞风

壮岁长歌曳紫虹，东西南北寄萍踪。
中原鸣镝催征骑，蜀道悲笳咽塞风。
傲骨羞于抚创痛，丹忱不悔报中兴。
青山未老豪情在，心底无私气自雄！

1983年8月

## 读诗赠丁庆友

彩笔缠绵恋故乡，牧歌婉转唱春光。
含苞垅亩花枝嫩，开冻山川沃土香。
彩雨缤纷村女艳，涡轮旋转水车忙。
农家自有丹青手，点染诗情入画廊。

## 大连留别老作家王安友①

犁田耕海惯生涯，茧手催开笔底花。
亦雅亦谐饶野趣，土腔土调自名家。
传奇昔慰孤孀恨，说部曾描碧海霞。
劫后山河无限好，还凭彩笔著春华！

1983年8月

【注】
① 王安友著有《李二嫂改嫁》《海上渔家》等小说传世。

## 海祭

甲午惊心忆战云，舰沉碧血觅无痕。
国殇万古雄边气，潮去潮来化海魂！

## 崂山诗会即兴，兼酬与会诸君子

蜀月湘波塞北云，齐烟生处结芳邻。
江河绮丽疑仙境，时代风流壮梦魂。
何幸崂山邀海韵，多情琴岛会诗神。
好凭浪漫蒲仙笔，挥洒尧天日月新！

1992年8月18日草

【注】

崂山诗会定于8月18日召开，车票到手，竟是19日凌晨登程，一路心急如焚，再迭前韵，诗以志感。

久客京华老片云，归心似箭响东邻。
栈桥浪起淘胸臆，樱阵香飘逗旅魂。
枕上涛声清午梦，楼台月影幻花神。
佳期无奈飙轮误，隔夜昭关白发新！

## 崂山宾馆留题

楼外仙山晕紫霞，庭花筛月静无哗。
三更海韵敲诗梦，客舍幽幽笔生花！

## 题兰陵美酒厂

何处甘泉琥珀红？谪仙诗酒唱兰陵。
郁金香透琼浆碧，醉煞五洲四海风！

## 东营（二首）

### （一）

大刀惊寇胆，敌后战歌雄。
齐鲁豪情在，新诗唱大风。

### （二）

国殇埋骨地，一夕醒乌阳。
拔地油城起，荒原换绿装。

## 感遇，赠吴茂泉同志

谁驾云梯供上楼，文章幸会好班头。
风骚指日光齐鲁，俯首甘为孺子牛！

1992年5月

## 七绝一首遥祝故乡冀鲁八县市书画展成功

烽火当年渤海滨，大刀溅血净妖氛。
雄风谱作诗书画，笔底情牵冀鲁魂。

# 竹枝词

## 农村春晓

## 小引

十一届三中全会以后，曾几次到黄河南北农村走马看花。所到之处，村歌牧笛，不绝于耳；土腔土调，倍感亲切。随手记下片言只语，归来稍加润色，得竹枝短歌若干首。录之存念，庶几慰我乡思。

1981年

### 房山道上

红杏灼灼麦葱茏，房山道上车如风。
千村百社夯歌里，崛起新房绿杨丛。

### 上工路

夜夜机声闹五更，银锄起舞送晨星。
山歌唤醒上工路，闲煞古槐老吊钟。

## 甘霖

谁洒甘霖润绿秧？丝丝点点沁心凉。
“东边日出西边雨”，杨柳何处问刘郎？

## 向阳花

淡淡炊烟缕缕霞，饭香待晚一家家。
驾机郎伴荷锄女，踏歌犹唱向阳花！

## 磨镰

南风一晌麦田熟，万户千家争抢收。
彻夜新镰开雪刃，磨刀石上月如钩。

## 丰年

南亩稻粮北地麻，人勤地利好庄稼。
愚公移得荒山去，岁绿年丰富万家！

## 新愁

愁却饥荒又发愁，大仓谷满小仓流。
万间粮厦平地起，好为农家贮金秋！

## 分红

疑梦疑真梦耶真？惊魂相对泪纷纷。
算珠弹去十年债，粗手捧回日月新。

## 元宵

元宵无奈雪漫天，焰火家家照月圆。
锣鼓敲得人心醉，秧歌彻夜唱丰年。

## 劫后

黄瓜上架豆牵藤，绿叶青枝绕屋生。
劫后农家穷貌改，榴花似火向阳红！

## 徘徊

新椽瓦舍沐流霞，小院出墙几树花。
紫燕衔泥来复去，徘徊难识旧时家。

## 荧屏

犹记当年吹宝匣，吹荒遍地好庄稼。
荧屏新照农家院，海市蜃楼夜夜花！

## 喜事

郎本痴心妹有情，十年穷月恨难逢。
春风一夜山乡绿，花好月圆烛影红！

## 夜戏

忍看窦娥血染霜，包公又铡黑心狼。
归来十里盘山路，梆子声声入梦乡！

## 中秋

中秋几见月饼香，今夕呼邻拼醉尝。
话到十年割尾恨，碰杯犹骂四人帮！

## 敬老院

月移花影暗小园，鼓板声声破石栏。
一室微茫彩电下，纵横老泪伴胡兰！

## 荧光屏下

非关赛会看龙灯，扶老将孙兴也浓。
夜夜山村人鼎沸，荧光屏下审江青。

## 枣树

叶茂枣甜荫满庭，十年几遇斧刀风？
老林斫去根还在，幼树串珠又挂红！

## 牧笛

春风渐绿北山洼，牧笛声声鞭影斜。
草嫩羊肥人心醉，穷乡重见幸福花！

## 野店

茅檐新挑笊篱斜，枣酿香飘草甸洼。
饭饱酒酣人半醉，客行千里不思家。

## 市声

怎堪割尾复割喉，地哑天聋草木秋。
一夜市声苏僻巷，山村又见彩霞稠！

## 货郎

十年萧索哑山乡，担鼓重听见货郎。
彩线牵来女儿队，鬓花笑语乱春光！

## 牧归

炊烟袅袅起山隈，咩咩羊群下翠微。
新米飘香笛音里，家家迎得牧人归！

## 夜曲

冷月清光拂暑轻，小村空巷静无声。
青衣淡妆谁家女？漫挑三弦唱贺龙！

## 夜读

秋虫唧唧晚风凉，山村沉沉入梦乡。
喷灌机旁哥伴妹，犹闻夜读声琅琅！

## 经济人儿

京津湖广凭翼游，彩电带回鸭子楼。
经济人家先“致富”，管它农工汗白流！

## “致富”谣

春风已到左家庄，难改山村十载荒。
“致富”头人先领路，楼高书记压平房！

## 挡关

种草声歇地犹荒，几时吃尽大锅汤？
春风三度吹不破，挡关还是响当当！

## “自愿”

破锣又闹小山庄，底事家家人凄惶。
“自愿”帮工兼带料，头人又要盖新房！

# 燕赵杂咏(一)

风萧萧兮易水寒，壮士一去兮不复还。

——《史记荆轲列传》

## 京华忆旧（三首）

### (一)

霜压燕山枫叶丹，乱云恶雨欲吞天。
人天创痛三星殒，华夏悲深四海澜。
地火无声埋坝下，战歌砺剑裂冰川。
红旗忍载工农恨，奋起同仇聚铁拳！

### (二)

十年浩劫创痕深，红色江山几陆沉。
忍见文攻书付炬，更惊武卫血殷尘。
英雄下狱人成鬼，小丑跳梁鬼噬人。
力挽狂澜谁倚剑，锋芒小试净妖氛。

## (三)

破夜惊雷响碧空，朝霞十月染秋枫。
欢呼举国妖狐灭，酒尽倾城块垒平。
积岁愁颜开口笑，重山绝壁踏云登。
太行倚剑仰天啸，古国葱茏起绿风。

# 仰思

万里巡行未洗尘，风凉月殿豁胸襟。
便笺遗策除帮祸，国事升平慰寸心。
喜拓征车开放路，欣看创业革新军。
梦酣恍入芙蓉国，湘竹萧萧听楚吟。

# 展望

四化旗开万世功，江山无处不葱茏。
残云风卷长天碧，晓日霞蒸大野红。
海外尽铺丝路雨，域中一扫夜郎风。
射潮人健骅骝劲，踏破重关上顶峰！

1978年9-11月

## 青春

红楼火种至今传，一代风流正少年。
血雨淋漓眉冷对，刀从威逼项难弯。
比肩列队人成阵，同仇敌忾旗高悬。
青春星火燎原处，四五精神寸寸丹！

## 丰碑

青锋熠熠摩天宇，浩气千秋萃一碑。
裁罢昆仑分绿色，飞来京兆护邦基。
乌云匝地龙长啸，怒火冲天锷吐辉。
记得清明剑出鞘，九亿扬眉四害悲！

## 寻觅

总理英魂底处寻？松青竹韵仰风神。
春挥汗雨滋垅亩，秋共儿孙点谷囷。
大治旗红筹国策，长征路远励新军。
天高地阔丰碑在，常映周公吐哺心！

## 游白洋淀（二首）

### （一）

水乡入梦系情多，北国潇湘访笠蓑。
芦荡血殷凝紫浪，莲塘月冷泣残荷。
千村萧瑟人亡命，万马齐喑鬼唱歌。
十年悲欢多少恨，化作伤痕逐逝波。

### （二）

日转天旋趁兴游，扁舟一叶载歌讴。
血花化作繁花艳，泪语还并笑语流。
荷风细细芦笙雨，井架巍巍水月楼。
喜看雁翎新一代，装点大淀画图幽！

## 华北油田歌

一朝挥泪辞太行，相思难计几沧桑。
千寻金剑添婚礼，八粒丹砂引凤凰。
劫后神州春色艳，方兴四化胜途长。
乌龙倒挽油娘子，时代催妆嫁禹郎。

## 沧州行

十年红羊劫方休，噩梦醒来看绿畴。
冤狱已平愁绪解，宏图乍展壮怀酬。
采油树起平原富，打枣竿迎稻菽秋。
狮吼唤来新日月，一天花雨出沧州。

## 访束鹿①

金猴一棒九州清，束鹿重来看古城。
下里曲传乡土调，旱船舞忆太行营。
画廊词壁翻新意，墨雨笔林倾激情。
诗友相逢欢复泣，长歌慷慨颂升平？

1978年春初稿1980年1月修改北京

【注】

① 束鹿为河北省民歌之乡。当时作者在这里参与田间同志主持的一次诗歌座谈会。

## 千里堤

滹沱河水几波澜，一道长堤接远山。
赤帜摇醒桃李梦，铁拳砸碎血腥天。
雄风已著“红旗谱”，浩气常凝易水寒。
借问津门梁太史[①]，传奇何日续新篇？

【注】

① 著名作家梁斌长期寓居天津。

## 古城感事

昨夜莲池噩梦长，豕突狼奔逐女皇。
城巷屡惊蜗角阵，平原频乱虎皮帮。
可怜多少苍生血，喂壮几家草头王。
历史不磨燕赵气，一洗河山日月光！

## 铁狮

十月金秋艳晚枫，沧州劫后稻粮丰。
冀鲁剑气腾豪气，燕赵悲风鼓热风。
棉海无涯铺云白，枣林满县串珠红。
铁狮一吼油龙啸，四化旗开国步雄。

## 淀上风光[①]

碧波潋滟柳风斜，一片红旗曳紫霞。
渔曲悲欢翻旧调，芦笙断续伴新槎。
水乡故事留青史，帆影传奇忆鼓笳。
拭目白洋船上望，雁翎列队出荷花。

【注】

① 河北白洋淀水乡，是当年雁翎队神出鬼没打鬼子的地方。

## 长城烟尘

紫荆关口易河头，万里烽烟绝塞秋。
长剑东挥清国耻，铁流北上慰边愁。
将花萎地埋阿部[①]，怒火冲天葬野牛。
回首长城凝浩气，铜墙铁壁固神州！

【注】

① 日军素称“名将之花”的阿部规秀中将，1939年11月7日被我军击毙于涞源黄土岭。

# 平原烈火

百折难磨暴动功，长缨万丈缚苍龙。
云遮永定卢沟月，旗卷滹沱冀北风。
阡陌葱茏埋火网，道坑交错陷倭兵。
当年朱总挥师处，慷慨西河唱杰雄①。

【注】

① 西河大鼓是河北主要曲种之一，长于说唱金戈铁马的战争故事。

# 学府红潮①

夜啸龙渊宝剑沉，燕山北望气萧森。
救亡号角催桃李，抗日悲歌撼鬼神。
国破忍吞流浪恨？家焚益铁复仇心。
古城十里红旗举，唤醒滹沱两岸村！

【注】

① 1932年6月，我地下党领导了保定二师爱国学潮；同年9月又发动了高蠡农民暴动。

# 柏坡诗情

众志成城奋群威，三公决策运神机。
横空倚剑妖氛散，动地驱雷瑞雪飞。
赤帜风飘紫禁苑，黄粱梦断石头矶。
晨钟一记破长夜，万里山河浴翠微！

1978年6-7月

# 邯郸陵园[①]

遍访古城寻胜迹，回车巷窄赵台低。
谒陵情系雄风劲，抚碣心仪烈士姿。
碧血已肥常绿树，丹忱化作大同旗。
忠魂闻报除四害，喜泪催开花万枝！

【注】

① 邯郸，赵国古都。今存蔺相如回车巷、赵武灵王丛台等古迹。解放后，又修建了冀鲁豫革命烈士陵园。

# 狼牙悲歌①

危峰遥峙太行山，极目群英耸碧天。
杀气当年惊敌胆，雄风犹自满荆关。
狼牙溅血磨霜剑，碣石吐芒光史篇。
燕赵古今多俊杰，萧萧易水北风寒！

【注】

① 1941年9月的一次反扫荡战役中，八路军某部战士葛振林等五人，在易县狼牙山阻击敌人，弹尽跳崖。人称五壮士。

# 白求恩墓①

燕赵情深宿烈魂，石门陵墓柏森森。
天涯碧草邀春色，国际悲歌激壮音。
志士花开芳邻树，神医情暖五洲心。
功勋已载红旗史，壮志千秋四海钦！

【注】

① 墓在石家庄革命烈士陵园。

# 燕赵杂咏(二)

## 燕京竹枝词（十首选五）

（一）

且学当年府尹公，玻璃板下看燕京。
摩天大厦连街起，阴影迷离鬼蜮行。

（二）

影院霓虹乱晚风，明眸三五丽人行。
拉郎过瘾看场戏，议价薪酬半月工。

（三）

南腔北调笑眉颦，王府东单傍路人。
侬有盖章宾馆票，公家报账利归君。

（四）

出差每叹行路难，站口长龙日夜蟠。
严打难禁私票手，一张硬卧利三番。

## （五）

记否当年旧北平，烟娼匪赌溢膻腥。
红旗疏导严刑管，毒雾妖风半载清！

1996年3月

## 读《大舞台》答老友叶蓬

渔阳鼓起绿帷开，易水萧萧有剩哀：
冀北战云凝紫塞，太行碧血壮蒿莱；
不拘一格栽桃李，广揽百家遴骏才。
盛世新声何处赏？燕山赵野尽歌台。

## 祝剧作家王昌言病起笔健

旧瓶未碍酒香醇，戏里丹青每创新：
闹海双轮惊水怪，劈山一斧慑凶神；
悲歌慷慨传燕赵，文采风流贯古今。
大治方兴君更健，传奇续谱慰知音。

## 烟雨楼听歌

辛酉端阳之夜，河北省作协、承德地区文联举办诗歌音乐会于离宫烟雨楼。

雾敛桨声星敛眸，霓虹摇曳水波柔。
弦凝碧落流云醉，曲绕回廊水月幽。
词赋犹伸屈子恨，琵琶弹去汉妃愁。
春歌唱彻离宫夜，一缕明霞照画楼。

## 月牙湖即目

文津阁前，有小池。池南假山叠翠，岩洞熹微，倒映入水，如新月状，故得名。

分柳牵丝出画栏，平湖沉碧影姗姗。
愁颜渐破频年恨，笑靥欲浮双鬓烟。
青鸟有期蓬岛近，珠峰可上胜途宽。
嫦娥应妒凝眸艳，偷向波中斗黛环！

## 仰磬锤峰

沧海频经变沃田，一峰凛凛矗青天。
风刀雨剑冲天立，电闪雷鸣拄地眠。
溟渤浪倾鞭影动，不周山倒柱峰坚。
渔阳三挝雄歌起，四化程遥鼓疾帆？

## 游大佛寺

承德近郊大佛寺，有千手千眼菩萨一尊，高27米。

茫茫长夜梦初还，冷眼于今看圣颜。
敛供偏生千臂手，渡人难舍半枝莲。
劫来难免金身碎，火起唯余贝叶烟。
萧寺重光车马聚，几家顶礼拜神仙？

## 过长城

万里长城积怨深，无砖不砌孟姜坟。
沉冤白骨归陈涉，泉下挥刀灭暴秦。

## 过桑干河[1]

大漠孤烟底处边，黄沙漫漫上羊山。
桑干未尽涓埃水，豪雨终来洗倒澜。
史笔曾惊斯大帅，令名又载五洋船。
长河落日凝秋色，艳艳红霞映碧天！

【注】

① 丁玲著长篇小说《太阳照在桑干河上》1951年获斯大林文学奖。

## 詹天佑铜像

英雄未必射雕人，人字轨通泣鬼神。
铁线回旋鹰掠塞，长车驰驱箭穿云。
危崖绝壁留胜迹，皓月骄阳照赤心。
朔雪迷天铜像立，长征路上励民魂。

## 车过兴隆怀刘章

牧歌初唱杜鹃红，雏凤清于老凤声。
燕岭秋风吹客梦，石门月色动乡情。
长安争赏《北山恋》，逆旅每听《南国行》。
劫后诗如东海浪，千篇乐府谱升平！

## 登金山岭长城

紫塞招人信步登，金山岭上片云轻。
秦关未破秦廷灭，汉月重圆汉业兴。
烽火台消孤女怨，望京楼抱五洲情。
长城不老豪情在，虎踞龙蟠剑气雄！

## 嶂石岩诗会赠石门诸诗友

花季风流出石门，嶂岩山下结芳邻。
太行浩气凝风骨，燕赵悲歌壮梦魂。
霞绕碧城开画境，云生槐寺护诗神。
好凭浪漫仙人笔，点染炎黄岁月新。

## 游槐泉寺步韵和刘章兄

尘襟连夜洗，幽径画屏通。
寺抱槐泉碧，人耕药草丛。
屏开仙女舞，石啸太行风。
饮马人何处？嶂岩仰古松。

## 密云水库即兴

碧海多情抱塞垣，万峰浮水水浮山。
天孙月夜抛银线，绣出京郊锦秀园。

## 朝阳诗社成立十周年

林涛麦浪绿倾城，车水楼桥竞望京。
丹凤朝阳歌亮丽，十年风雅换新声。

## 天坛即兴

漫步天阶趁晓风，倾坛丝管舞霓虹。
望穿七石星何处？独倚栏杆问古松。

## 长城望月

倚剑昆仑锷未残，谁将春色等温寒？
大同信有中天月，遍洒清辉慰世间。

## 仰平北抗日烈士纪念碑

救亡拼搏大刀环，碧血燃红紫塞天。
驱虏平倭锋未老，丰碑崛起海沱山。

1999年9月25日于龙庆峡

## 龙潭湖即兴

诗人盛绳吾邀诗友游龙潭湖公园。席间，欧阳中石提议为该园留一点文字纪念。当即议定：梁东及余各赋诗词，刘征以散文记其事，中石手书后赠公园惠存。

一园秀出旧城南，广厦环湖绿洞天。
中石法书梅苑赋，风骚流韵到龙潭。

2002年5月21日

# 给北京青年诗友（三首）

（一）

缪斯所爱是青春，似火痴情化彩云。
忧患襟怀关世运，风骚重振看新人。

（二）

蓬岛仙山梦可通，悲歌燕赵唱豪雄。
中华诗国开新纪，雏凤清于老凤声！

（三）

桃李芳菲压碧枝，红霞挟梦化灵思。
踏天采得风云色，好为江山谱壮辞！

1996年5月

# 燕赵杂咏(三)

## 海滨杂咏

### 海泳

碧海弹琴浪弄弦，柔波舒臂挽红颜。
霓裳回雪流霞里，舞步狐旋水底天！

### 礁石上

罗裙不觉海风凉，眸睫沉沉对浩茫。
心事相偕鸥翅远，漫凭碎浪打时妆！

### 摄影

浪花吹雨云鬟湿，凝露桃花绽笑痕。
妙手传神开画镜，青春似火海留魂。

### 闻笛

十里海滨楼外楼，三洋闹夜几时休？
月下何人吹玉管，清音醉客梦幽幽！

## 感事

窃国东窗破梦凋，闻从此路落荒逃。
将来应警奸雄辈，折戟沉沙骂未销！

## 日出

破雾凌云曳紫烟，轧轧火轮腾海天。
八万里风吹彩绮，洒向人间问早安！

## 夜曲

柔风细浪晚凉轻，游侣相偕踏月明。
知心最是垂波柳，拂去伤痕绾爱情。

## 矿工

风尘千里辞煤宫，渤海潮来戏浪中。
激我豪情高万丈，明朝试手擒乌龙。

## 竹枝词·孟姜女谣

秦皇安在哉！万里长城筑怨；
姜女未亡也，千秋片石铭贞。

——录自孟姜女庙前殿楹联，传系南宋文天祥所作。

## 庙前[①]

十年梦觉悟禅关，佛寺香烟几杳然。
底事荒凉姜女庙，马龙车水拜愁颜？

【注】

① 庙在山海关城东13里远的凤凰山上，始建于宋代。山低庙小，如山村农家小院然。

## 碑石

自古几人识孟姜，痴情何必死纲常。
珠沉玉碎抗秦暴[①]，烈胆千秋侠骨香！

【注】

① 庙内墙壁，题咏琳琅，多封建伦理说教，读之索然，且有损姜女形象。

## 新婚

千村薛荔稻粮荒，望断长城筑恨长。
伤心最是新婚夜，鸳衾未暖却离郎！[①]

【注】

① 传说孟姜女的丈夫范杞梁，是在洞房花烛之夜，还来不及给新娘子一吻，就被恶吏拖去筑城了。

## 倾城

千里风霜鬓染尘，寒衣何处暖郎身？
呼天一痛秦城倒[①]，白骨难寻梦里人！

【注】

① 传说：山海关附近，长城倾倒数处，都是孟姜女哭倒的。

## 梳妆台[①]

妆台梦断画眉时，咽泪为郎鬓素蓑。
麻缕难梳方寸乱，何堪更著断肠衣！

【注】

① 庙院北隅，有小石案一方，传是孟姜女梳妆打扮的地方。

## 听潮

秦城哭断几沧桑，泉下相逢梦也凉。
不见茫茫辽海上，夜潮依旧唤杞梁！[1]

【注】

① 传说辽海秋夜，潮声凄厉，隐隐然如姜女哀唤丈夫的名字，听之伤神。

## 荒坟[1]

荒冢凄风雨倒吹，牵情惹恨复沾帷。
孤魂夜夜问沧海，明月何时照郎归！

【注】

① 庙东南8华里海中，两礁出水，低者如墓，高者似碑。这就是传说中的姜女坟。

## 振衣亭[1]

遗迹难寻古帝王，人间早已换春光。
振衣不见麻蓑女，绿鬓凭栏斗靓妆！

【注】

① 庙院北墙下，有六角小亭，登可望海。传说这里是孟姜女当年振衣理装的地方。

## 望夫台[①]

海滨十里画楼开，绿女红男挽臂来。
脉脉无言缘底事？望夫台上祝一回。

【注】

① 庙内殿后东侧，立巨石数方，一刻“望夫台”三字。石上履痕依稀，传说是姜女登台望夫踩出的足迹。到海滨度蜜月的少男少女，频来登临，亦小庙一大盛事。

## 谒像

惨淡花容旧麻蓑[①]，千年未尽尘世悲。
春风渐揾春闺泪，恨魄何时解恨眉？

1981年9月8日于北戴河中海滩宾馆

【注】

① 前殿泥塑姜女，缟衣素裙，愁眸敛恨，与游人相对黯然。

# 中州杂咏

## 黄河游览区（二首）

### （一）

情牵梦绕古中州，一轴高悬画幛幽。
山色遥连燕塞紫，水光迢递洞庭浮。
寻芳误入姑苏院，探胜疑登桂魄楼。
诗思撩人舒卷处，三分豪壮七分柔。

### （二）

故都文物汉皇宫，人杰地灵旷代雄。
拔地五峰凝浩气，滔天一水聚黄龙。
诗传淮海悲歌壮，梦绕太行战血红。
愿起杜陵偕白傅，放怀慷慨唱东风。

## 题哺乳塑像

栉风沐雨五千年，蓬鬓难衰绿鬓颜。
霰雪弥天缝襁褓，虎狼啸夜守摇篮。
拼将心血催花信，酿就春晖暖世间。
劫后山河慈乳润，婴儿入梦笑声甜。

## 过开封偶感

昔闻盲瞽说开封，堂鼓森严怒发冲。
冤狱屡昭昭未尽，青天频唤唤难逢。
铡刀凛凛芟贪吏，强项铮铮藐帝宫。
祸国殃民余孽在，严刑愿起黑包公。

## 龙门石窟题壁

幻境迷离梦未阑，龙门今始识飞仙。
天风回雪罗衣乱，伊水横波玉笛寒。
白傅知音依岸赏，诸天愚钝傍山眠。
新声已换霓裳谱，花雨缤纷出玉关！

## 过龙门吊白香山墓

十年一梦海桑清，京洛难寻上苑情。
织女谁闻重赋叹，酒家犹唱琵琶行。
春风已绿中原土，好雨催红国色城。
时代风流应有待，长歌慷慨换新声。

## 中州古刹即兴

凝眸敛笑意如何？纤手翻经念佛陀。
底事背人偷拭泪，无端贝叶断吟哦。
禅关罢望家何处？莲座灯昏梦几多。
劫后江山无限好，忍教绿鬓葬维摩！

1982年3月

## 题中共兰考县委小院

风吹雨打几飘摇，破壁颓垣柱未雕。
荠麦已芳黄泛土，瓦房渐逼泡桐梢。
洋楼三窟争狐鼠，农舍千村识老焦。
忧乐遗风辉小院，光芒四射入云霄。

1981年5月

# 小浪底抒怀（二首）

## （一）

黄河出峡泻平川，沙积床翻树上悬。
稻陌麦阡龙打滚，乡街里巷浪吞椽。
堤残泡断流民泪，饿殍尸横野隼餐。
故道萧疏磷火冷，不堪回首五千年。

## （二）

世纪新开治水篇，中州千里换新颜。
沁园春色青燕鲁，小浪湖波醉宇寰。
电网机声云浩渺，麦风花信雨缠绵。
毛公梦醒当欣慰，不虑黄河涨上天！①

【注】

① 1952年10月，毛主席巡视黄河。面对滔滔黄水，深思良久后，问：“黄河涨上天怎么办？”（见1996年《光明日报》载：《小浪底之歌》）

## 游王屋山瞻仰愚公塑像

沧桑未变两肩云，人定胜天铸汉魂。
头上三山终铲去，强兵富国看儿孙。

## 赠济源宾馆

曲水层楼小回廊，开窗花草满庭芳。
茶香室雅游人醉，一梦幽幽似故乡。

## 到开封

十里御街访古都，雕栏画栋铁浮屠。
五洋风会摩天厦，河上清明换壮图。

## 谒包公祠（二首）

### （一）

扪碑千载仰清官，旧刻包拯字半删。
莫问指痕深几许，心声裂石唤青天！

（二）

千官走马转开封，祠庙香烟独祭公。
故宅遗湖波似镜，警贪醒世励清风。

## 礼千手观音

合什莲台一问禅，杨枝何日水涓涓。
敢期千手挥千剑，扫净贪夫结善缘。

## 登古吹台

弦上雷鸣万壑风，一琴能敌百夫雄。
登台悟得歌吹意，言志缘情系政通！

# 哭妻（十三首）

爱妻祝春苓，号素萍，山东宁津人。1948年参加革命，1964年入党。献身教育事业近40年、曾多次被选为模范教育工作者。师生、家长有口皆碑。1950年与我结婚，数十年相亲相爱、相依为命。在家则敬老扶幼，任劳任怨，堪称良妻贤母。1987年11月9日、不幸被突发的脑溢血夺去生命，年仅55岁。挚爱夫妻，一朝诀别，肝肠何止寸断。哀歌当哭，以遣悲怀，兼谢林从龙、李汝伦、刘章、张烨、王中才、王洪涛、罗密诸诗友吊慰之忱。

## （一）

半生忧患伴知音，一夕何堪隔世分。
从此碧天明月夜，断肠谁惜两孤魂！

## （二）

柔情素手梦还温，忍系蓑纱哭殓君。
一吻斑斑遗骨泪，化鹃啼血伴晨昏。

## （三）

相知相伴敬如宾，红叶经霜爱愈真。
一自秋桐根半死，重泉何处觅芳尘？

### （四）

只影残灯午夜分，苦茶泡冷未归魂。
痴心欲与商家事，一唤遗容一碎心！

### （五）

哀筝幽咽起长沙，千里感君寄素花。
水调一声情万缕[①]，依依伴我哭无家！

【注】

① 素萍逝世后，罗密同志手书坡仙《水调歌头》横幅寄我，以示慰问。

### （六）

飘泊萍踪去不还，横斜素影隔蓬山。
青天纵许人长久，千里婵娟忍独看！

### （七）

寸心难遣悼亡哀，怅怅何堪望妇台。
泪眼望穿虎坊路，携孙不见爱妻来。

### （八）

一劫袭来焚玉珠，昏昏天日命何辜。
回春应有灵刀药，权术无门奈拙夫！

### （九）

惨淡萤光惨淡星，孤灯谁与话寒更？
瓣香期梦芳魂远，泪尽泉台五夜冰。

### （十）

雪柳萧萧冷月哀，虎坊夜夜旧楼台。
相逢怕惹痴夫泪，寻梦千回未忍来！

### （十一）

一缕芳魂去不回，手栽桃李绽露开。
同仁哭咽亲朋泪，遗爱慰君有大哀。

### （十二）

俯首牛耕不计程，拼将心血润花丛。
马翁旗下应无愧，磊落光明一列兵。

## （十三）

蜡炬成灰素茧空，师生哽咽哭园丁。
伤心最是春桃李，泪洒领巾殷血红。

1987年11月—1988年2月

于北京虎坊孤旅

# 两地诗笺

## 过长沙访素梅庐戏赠罗密同志

气吐风雷笔洒珠，豪情素手写湘湖。
梅庐赏罢诗书画，何幸闺中识大苏！

1987年秋

## 悼亡并奉答素梅庐主罗密（三首）

### （一）

雨雪凄凄冷透绵，悼亡泪尽暮春前。
人间争有飞仙术，相挽离魂上碧天。

### （二）

哀筝何处叹悲夫，心字成灰怎快愉。
织女无情星汉远，梦残空对月圆图！

（三）

前尘未了梦非常，恨血千年碧透钢。
此日凤鸾双折翼，情天恨海怎飞翔？

1988年4月北

## 附罗密：寄怀若萍（三首）

（一）

同声同气意缠绵，恨不相知卅年前。
欲效娲君弥不足，愿将心石补情天。

（二）

薄命偏逢薄幸人，寄情诗画自欢愉。
彩毫却赠真才子，同绘梅庐晚景图。

（三）

自矜意志不寻常，百炼金成绕指钢。
愿破笯笼腾彩翼，笑随威凤共翱翔。

# 步韵奉答罗密（二首）

（一）

常羡女萝附菟丝，知音相伴好吟诗。
晚晴珍重黄昏恋，隔世鸳盟不可期！

（二）

心心相印似金坚，好借春风续旧弦。
寄语南天仙阙子，补天何日证前缘？

1988年5月北京

# 附：罗密再寄若萍（二首）

（一）

感君扶病写乌丝，肯为梅庐序小诗。
欲答知音伤半老，只能来世再相期。

（二）

自矜晚节志殊坚，无计为君续断弦。
但愿两情如手足，不辞风雅结诗缘。

# 虎坊孤馆，冬夜无寐，诗以代书，寄长沙素梅庐主罗密（八首）

## （一）

梦里依稀旧战壕，战歌常伴战旗飘。
分明飒爽戎装影，一笑回眸绿鬓夭。

## （二）

曾抱琵琶马上弹，军歌唱彻雁声寒。
烽烟未老潇湘女，犹着戎装笑倚栏。

## （三）

东风恨不到梅庐，青鸟迟迟岁又除。
为问散花仙阙女，临流何吝数行书？

## （四）

望中远水隔遥天，衰鬓何堪岁月煎。
盼得归期应有恨，晚晴虽好又经年。

（五）

剪灯说戏又论文，心有灵犀贵率真。
我爱品诗卿爱画，黄昏相恋倍相亲。

（六）

孤凤离鸾隔邓林，潇湘迢递楚云深。
龙香寂寞知音远，不见伊人不理琴。

（七）

才圆几度梅庐月，又隔九重离恨天。
一样凄清灯影侧，中年同病共相怜。

（八）

酒渴相如苦昼长，夜吟红豆瘦潘郎。
白娘去后无仙草，急待当归入药方。

1989年12月7日夜北京

# 附：罗密和外子若萍虎坊孤馆寄怀原韵八绝

（一）

读君新咏暗魂销，心似寒林一叶飘。
自笑徐娘身半老，却为词客续桃夭。

（二）

向人欢笑泪偷弹，小院深深翠袖寒。
难学黄花香晚节，金风萧瑟怯凭栏。

（三）

连朝灵鹊噪梅庐，灿眼灯花剪不除。
料得杨君应念我，燕京明日有来书。

（四）

孤衾无奈岁寒天，药饵茶汤手自煎。
一病侵寻情意懒，吟魂寥落感中年。

（五）

岁月蹉跎白发新，飘零身世太天真。
扪心恩未酬知己，搔首愁多到老亲。

（六）

闺中何意列儒林，一入儒林感慨深。
难遣文章消兀运，敢将心事诉瑶琴。

（七）

历尽艰辛不计年，懒将穷达问苍天。
朱颜憔悴身多病，瘦损诗才怕受怜。

（八）

处境艰难苦日长，思乡无奈远辞郎。
君如记得分离苦，便是和谐绝妙方。

1989年12月14日于长沙

# 寄怀内子素梅广州、海口（二首）

## （一）

极目罗浮处士林，秋风秋雨客愁深。
神驰岭海孤帆远，情系珠江别梦沉。
衣上新针连旧线，茶中苦味沁痴心。
可怜三五团圞月，凄绝文君独抚琴。

## （二）

火树银花夜未休，悲欢依旧岁华流。
洞箫何处篱笆院，明月依稀古道楼。
枕上书香难引梦，灯前幻影更添愁。
海南迢递无消息，瘦绝萧郎更白头！

1992年北京

# 忆梅词（八首）

爱妻罗密素梅，于1993年4月30日，因脑出血复发不治而去。5年厮守，冰弦复断，再赋悼亡，衰鬓何堪！眼前诗画手泽尚温，架上衣衫裙裾未冷，触景怀人，肝肠寸断。和泪吟成忆梅词数首，遥寄哀思于爱妻灵右。

（一）

五年忧乐共诗心，弦咽广陵碎玉琴。
从此秋风秋雨夜，人天相对断肠吟。

（二）

梅影飘零素月哀，芳魂忍傍旧妆台。
罗衣怕揾诗家泪，挟梦虎坊去复来！

（三）

归来不复绿茶香，四壁丹青哭夕阳。
子夜梦回望遗照，轻颦还是病潇湘。

### （四）

素旐云帏万里风，梅庐人杳画楼空。
捧君灵骨归湘土，泪洒新坟湿落红。

### （五）

湘云燕月路漫漫，况隔蓬山梦里天。
仙阙幸无机票虑，烟霞酿梦叙悲欢！

### （六）

一曲渔歌豆蔻春，诗书画艺三绝伦。
梅魂化作《潇湘草》[①]，丽句清词斗尖新。

【注】

① 罗密14岁表演《渔光风》独舞，名动江乡。诗集《潇湘草》即将出版。

### （七）

鹤背天风路八千，碧城何处曲栏干？
烟雨江南飞梦过，罗浮不见旧梅仙！

### （八）

怜我无家降月台，诗书相伴暗香隈。
仙缘五载亲疏影，留得残生苦忆梅。

## 依韵和丁芒兄《惊接金亭信，得素梅噩耗，作此寄意》

怆地呼天义气真，感君千里共酸辛。
苦丁斋冷飞仙梦，旧虎坊悲饮泪人。
蝶化难凭庄氏语，枕留忍断魏王魂。
秋风苦雨孤灯夜，湘水潇潇哭画神！

## 附：原作

一函跌倒歪斜字，满纸惊雷乍雨声！
燕北春寒成杀手，江南水暖不疗人！
鼓盆两度哀诗瘦，掷碟三番哭画魂。
从此篆烟疏影处，常邀清梦伴梅神。

1993年6月14日南京

## 渔家傲·步韵和张烨《为杨金亭痛失爱妻素梅庐主而作》

海上仙风吹几许？五年两抚哀丝绪。云是伊人蓬岛住。乘鹤去，三生石接丹梯路。　　已失素梅嗔笑语，难期圣火销愁雾。千里婵娟情不负。梦回处，悲欢谁遣星桥渡？

## 附：张烨原作

银水迢迢知几许？紫巅默默愁无绪。云舞星飞留不住。风吹去，天门紧闭相逢路。　　夜梦潇湘传笑语，日思梅影揽香雾，为有山盟两不负。情深处，人间天上也能渡。

1993年5月21日

# 挽联（二首）

## （一）

素墨香温画苑蜚声传海外
梅庐人杳诗坛遗响动尧天

## （二）

挚爱夫妻一朝永诀唯余哀肠思寸断
知音伴侣五载相依剩有旧梦慰残生

# 无题

## 无题（三首）

### （一）

梦境迷离过废园，颓垣断壁栅门关。
砖痕细认无题句，笛韵犹闻别凤篇。
青鸟不传云外信，荷珠空结雨中缘。
铁墙倒去情难老，玉碎当年已惘然。

### （二）

春归杜宇夜啼烟，梦入蒲仙画里园。
一院荫迷飞絮雨，半墙树乱落花天。
谁家倩影纱窗碧，何处洞箫玉指寒？
摇曳海棠羞半面，明眸一笑似当年。

### （三）

三生石上恨绵绵，似水离情断复连。
断雁无期云渺渺，幽人何处月娟娟。
罗浮梦冷千山雨，蓬岛魂归九点烟。
锦瑟凄清弹往事，一弦一柱泪斑斑！

1988年3月

# 无题（十首）

## （一）

诗心未老发星星，直道孤行过半生。
破镜才圆秋夕月，鼓盆又哭素帷灯。
青春血泪花千树，绿鬓柔情梦五更。
寄语蓬壶痴女史，知音隔世赏清声。

## （二）

一唱阳关咽柳烟，相逢执手惜秋残。
沧桑可变情难老，碧海枯时泪不干。
才诉离衷星汉远，采来灵药断桥寒。
可怜二十三年忆，倩影姗姗镜里看。

## （三）

梦痕雨湿夜茫茫，一别人天几度霜。
古道有家思旧巷，泉台无路慰孤芳。
梅庐读画成空忆，湘水投诗只自伤。
车过君山望湖祭，鹃啼断续助凄凉。

（四）

回眸一笑再逢难，热线牵来五隔年。
杯酒倾心交梦语，峡云无迹化诗笺。
柳烟轻拂蓝田玉，彩凤栖迟紫塞山。
素手香温银汉冷，碧城十二倚栏干。

（五）

解语梅凋玉化尘，潇湘斑竹泪留痕。
蓬山有意怜孤旅，雁字多情递好音。
蝶梦时牵瀛海岛，诗心还绕镜湖滨。
痴深欲诉相如赋，霜鬓何堪望彩云。

（六）

谁家锦瑟咽离声，苦雨凄风未解晴。
每忆丹江同棹渡，难期洛浦再生盟。
频年心曲相思结，何日眉峰一笑平？
青鸟不传伊甸信，碧天凉夜卜寒星。

（七）

晚晴幽草识仙姝，天意怜人恨自舒。
孤馆重吟如梦令，梅庐好作望云图。
白杨拂晓晨挥剑，红袖添香夜读书。
闻道秋桐堪引凤，紫霞可待下燕都。

（八）

词笔风流邂逅逢，舷窗挥手各西东。
碧云轩照齐州月，紫石斋邀北海风。
秋色三分芳草绿，人生几度夕阳红？
诗成欲寄天涯远，肠断寒更两地同。

（九）

阳春白雪断还连，残月霜风冷透绵。
旧梦重温情脉脉，古城一别月娟娟。
曾经秋色东篱艳，难了晚晴西照缘。
桐叶惊秋鸾鸟去，清声留韵伴孤眠。

（十）

易水萧萧独雁哀，连宵孤枕自徘徊。
难凭影视寻沉醉，聊借诗书遣郁怀。
幽梦忍离神女峡，瑶琴犹傍凤凰台。
天河若有灵桥渡，不信痴情可化灰。

1993—1998北京
《绿风》1998年6月

## 无题·奉和毕彩云女史（二首）

（一）

锦瑟哀弦幻也真，碧城无路觅诗神。
云归楚岫梅香冷，雨打湘湖竹泪新。
妙手丹青偎旧侣，明眸颦笑忆前尘。
诔成痴欲商音律，咫尺晶屏隔玉人。

（二）

西昆矫饰失天真，蜡泪春蚕笔自神。
心有灵犀仙阙近，情钟金箭爱河新。
杨柳千丝清世界，梅花三弄净凡尘。
水调竹枝乡土梦，唐音四海一家人。

1994年春北京

## 附：原作

莫道书怀假与真，思如潮水笔如神。
红残可是梅魂冷，绿瘦因何玉色新。
无意浮云怜月魄，有情落日掩风尘。
石头犹作女儿态，只叹迷离梦里人。

## 无题

又是年关鬓雪侵，相思渺渺隔重岑。
碧城十二栏杆冷，蓬岛三千弱水深。
纵有婵娟怜独客，愧无锦瑟慰知音。
晚情痴梦栽红豆，苦酒盈杯只自斟。

## 有赠（二首）

### （一）

风兮何处觅，檀火灼霞红。
尘海逢萧史，双飞上碧空。

（二）

廿载音容杳，重逢白发新。
悲欢同路走，夕照伴晨昏。

1993年8月25日

## 有赠（二首）

（一）

明眸皓齿下瑶阶，惊定还疑午梦回。
幽草晚晴天可问，秋桐难筑凤凰台。

（二）

一缕仙风出帝乡，虎坊孤馆壁生光。
痴情无奈相如老，愧对红颜两鬓霜。

1996年4月

# 有赠（五首）

4月13日下午，马莹来访，相商为边地风情影集配诗事。其间，论诗谈艺，文雅大方。略通身世，知为50年代主演《钗头凤》轰动京津的话剧表演艺术家马超之女。70年代后期中央戏剧学院毕业，执导《骊宫轶事》在影视界崭露头角。后为筹集艺事资金而下海，云待企业有成后，仍归队为百花齐放而献身……感而赋此：

（一）

悲凤钗头戏爆红，卫滨倾倒帝城疯。
相温三十年前梦，方悟放翁真乃翁。

（二）

谈诗说戏感人生，一派天真见性灵。
粉墨书香莹碧玉，风流缘自世家清！

（三）

落落大方惊语新，运筹初试女儿身。
任他商海风波险，一树梨花未染尘！

（四）

中流击水弄潮频，世事纷纭爱憎分。
铁胆柔肠秋侠气，无情未必是强人！

（五）

诗入灵心艺系魂，荧屏有梦是青春。
出潮识得人间世，管领百花风韵新！

1996年4月14日夜
《团结报》1996年5月25日

## 望蜀吟（八首）

（一）

青春无悔牧天山，风雪归人鬓未斑。
一卷词凝娲女泪，莹莹化璧补情天。

（二）

一笑相逢似梦中，天山绿雪石河风。
伊人遗我双红豆，巫峡萧森梦可通。

（三）

折柳燕都见更难，美人迢递碧城烟。
刘郎莫恨蓬山远，百味相思苦也甜。

（四）

欲卜求凰问古琴，冰弦无语报知音。
太虚幻境人间世，多少痴男怨女心！

（五）

鸿影依稀似梦初，三生石上字模糊。
鬓霜已老相如赋，愧向临邛问酒罏。

（六）

报春灵鹊语交加，热线多情天雨花。
道是姮娥离月殿，峡云无迹落谁家？

（七）

一缕天香引梦途，浣花溪畔觅芳庐。
满园修竹青青色，依约风流薛校书！

（八）

似梦疑真客抑家？小楼帘卷曳碧霞。
清词吟罢陇头月，共赏窗前栀子花。

1999年3月2日北京

# 瓣香集

## 瓣香集（四首）

### （一）

枪声破晓赣江滨，八一旗开荡黑云。
血战岭南存火种，会师井冈壮红军。
铁流万里千山路，戎马终生百战身。
一副扁担传趣话，英雄本色是诗人！

### （二）

平江城下举红旗，万里征尘扑铁衣。
转战太行驱鞑虏，挥师陕北布晨曦。
功垂东土同江暖，声震南天五岳低。
真理幽囚拼一死，千秋殷鉴发人思！

### （三）

书剑飘零出蜀中，塞纳河畔觅红星。
连天烽火棋枰度，寰海纷纭指顾清。
梅岭三章留绝唱，瀛台二月斗帮风。
丰碑已著人间世，将略诗才旷代雄！

### （四）

风云叱咤起潜龙，怒把菜刀除不平。
首义南昌燃火种，运筹北国缚鲲鹏。
战功赫赫辉千古，铁骨铮铮傲四凶。
最是体坛传捷日，洪湖重唱忆元戎！

1984年4月

## 中华正气歌

天地有正气，凛烈万古存。
古今多志士，热血铸国魂。
贫贱不能移，富贵不能淫。
威武不能屈，舍身以成仁。
精诚昭日月，功烈泣鬼神。
青史留绝唱，丰碑矗青云。
黄龙腾碧汉，五星照国门。
养我浩然气，壮我中华魂。
犁庭扫污秽，廉政为人民。
富国强兵甲，四海结友邻。
横眉对强霸，倚剑裁寒温。
万里大同路，红旗日月新。

1995年9月

## 关汉卿

夜气如磐四野腥，一腔悲愤写苍生。
雪飞六月孀娥泪，动地惊天诉不平。

## 梅兰芳

救亡歌哭砺精忠，擂鼓金山剑吐虹。
孤岛陷身藏绝艺，蓄须明志树高风。

## 聂耳

扬子怒涛歌大风，呼将血肉筑长城。
“起来”一曲雄狮醒，倒海排山振汉声。

## 八女投江

黑水白山呼救亡，红装踊跃换戎装。
青春百战沉江底，化作关东八凤翔。

## 刘胡兰

文水村姑战士风，横眉骂贼对刀丛。
血花不老胡兰艳，常伴工农向大同！

## 缅怀邓小平同志（四首）

### （一）

身世浮沉只等闲，弄潮何惧浪滔天。
航标已在人心立，好发南湖万里船。

### （二）

天下为公路拓通，九州绿拥小康风。
哲人含笑云端里，指点江山入大同。

### （三）

西天妖雾乱横空，倚剑澄清气吐虹。
几点残星摇滚去，红旗依旧壮东风。

（四）

时钟倒计伴君眠，两制花红梦自圆。
七月香江归一统，人天酹酒共婵娟。

## 孔繁森礼赞（二首）

（一）

清官谁见此清贫，卖血抚孤书记身。
公仆丰碑腾剑气，华堂横扫鼠狐群。

（二）

妙手回春万户行，堂堂书记是医生。
爱心灵似回音壁，遍察藏胞甘苦声！

# 杂感抒怀

## 七一抒怀——步韵和李曙初同志（七首）

（一）

九貊翩跹国步艰，娲天玉碎海棠斑。
图强烈士呼磨剑，举义农奴恨压山。
十月冬宫鸣号炮，一朝西北耀光环。
浦江船渡南湖水，欲唤黄龙起浅滩。

（二）

国际悲歌寄慨深，梦萦红豆苦追寻。
龙华桃碧长汀血，燕市头悬汉口心。
啮草哀兵还奏凯，临刑鸳侣自高吟。
涅槃火起腾雏凤，丝老蚕娘线恋针。

（三）

晓雾朦胧怪影飘，舞衣旋赤八方潮。
巴黎义薄公墙矗，俄土血殷帝阙烧。
道布尧封华族醒，雷奔禹甸泰山摇。
苏维埃奋工农戟，从此东天卷赤飙！

（四）

鱼水相依不老缘，同舟风雨一年年。
万家血乳滋伤痛，四野军声解倒悬。
划却三山驱暗夜，拼将一统换新天。
小康画幅临村巷，地朗天清净瘴烟。

（五）

改革潮来国运兴，薰风解愠裹邪风。
放洋托福肥衙崽，贩印生财富蠹虫。
拓路创新尊邓老，举旗防变继毛公。
倚天挥剑清污垢，执政为民慰马翁！

（六）

崭新世纪起宏图，花好还凭绿叶扶。
廉政愿多焦县令，富民当戮许贪夫。
炙人热浪来城镇，治世康衢辟胜途。
雨润雷锋芳草色，五洲云会万山呼！

（七）

西风吹梦乱罂麻，慧眼快刀有识家。
落地红星埋火种，冲天烈焰待雷车。
管他枭隼餐油鼠，锻我镰光淬斧花。
沧海横流坚砥柱，红旗浩荡照天涯！

1991年5月18日—6月7日

## 七月流火——再步《七一抒怀》韵和李曙初同志（七首）

（一）

豕突狼奔日月艰，百年忧患血斑斑。
娲娘泪尽残棠叶，望帝魂归古蜀山。
别院惊雷烧雪国，汉家引火淬刀环。
导航船泊南湖水，一借东风出浅滩！

（二）

明灭莱茵倩影飘，星眸如电射寒潮。
铁衣淬雨丹华碧，钲鼓椎潮热血烧。
崛起东方龙汉醒，恨埋黄土泰山摇。
燎原一炬星星火，千里井冈尽赤飙。

(三)

几度涅槃劫火深，凤兮不悔自探寻。
湘江血碧红岩草，燕市义惊上饶心。
梅岭三章留绝唱，铁流万里谱豪吟。
倚天欲截昆仑雪，散热分凉系指针。

(四)

沃土深根结夙缘，弹痕血迹忆华年。
万夫箪食支前线，千旅挥戈挽倒悬。
尽扫狼烟迷漫夜，迎来芳草湛蓝天。
天安门上红旗闪，一统河山绕紫烟。

(五)

山哞卵翼岂蓬莱，摇尾乞怜笑复哀。
无奈神京朝万国，惊心大陆唤瀛台。
杜勒斯死谣音破，散命汁腥叫化来。
叭儿落水还须打，防它浮起又重回。

（六）

十年规划起雄图，广厦撑天众手扶。
新政贵均富天下，小康愿早顾农夫。
中兴气象来天地，盛世危言记险途。
尝胆卧薪时按剑，披荆斩棘作前躯！

（七）

世界纷纭乱如麻，金元米雨爱谁家？
遥空星陨几何国，亡命人归数辇车。
冷眼天狼擒地狈，热风锤火锻镰花。
大同理想看来日，芳草萋萋绿海涯！

## 秋兴（六首）

（一）

倚剑昆仑望九垠，西风萧瑟几丝云？
侯门渐返貂裘贵，俚巷难求布被温。
白日东宫狐串戏，丰年赤地鬼为邻。
沙场未老三军阵，子夜无声地火奔。

（二）

红星万点散秋风，王气顿销建业雄。
无奈遗民冰雪里，独怜寒族血光中。
龙沙厉鬼仇磨剑，冻土杜鹃泪化虹。
况是普天仁圣愤，积年能不裂苍穹！

（三）

降幡一片出石头，依旧横流乱入楼。
几度夕阳红破国，谁家白日梦倾舟？
硝烟难灼旌旗碧，迷阵却旋葛叶秋。
小丑跳梁残局里，衣冠转眼笑猢猴！

（四）

静静长河静静涛，忍看社稷换王朝。
米雨垂涎鸡乱步，藕风摇醉熊折腰。
驱雷遍地埋仇火，掣电周天酿怒潮。
沉睡古船苏醒日，阿房一炬照天烧。

### （五）

胡天八月早飞霜，枫叶艳眸一刹黄。
秋实不收肥硕鼠，胜筹失算纵强梁。
持刀恨不除犹大，刎颈痛迟醒项王。
幕落台空人不见，余音袅袅任评量！

### （六）

戈矛映日护山河，正气由来不可磨。
烟灭灰飞翔火凤，雾迷沙涌走明驼。
风呼悲壮青松谱，浪击沸腾海燕歌。
地老天荒情不老，前行莫问夜如何！

1991年10月初稿，1992年10月改定于北京

# 神舟五号载人归来感赋（二首）

## （一）

雷鸣大漠箭弹弓，射日穿云曳紫虹。
八骏巡天原是梦，孤舟拔地自为雄。
广寒月姊迎乡雨，永夜星娥舞国风。
侵晓小球环十四，归来一笑东方红。

## （二）

神舟奏凯返燕京，四海欢呼祝太平。
导弹烽消人乐业，霸权势去国安宁。
平分春色环球绿，崛起文明百族兴。
十二层城星际站，拈花天使笑相迎。

2003年10月18日

# 听曲读画竹枝词

## 竹枝九首——为杨世安题画

### 秋山红叶

丝雨缠绵柳剪风，天涯人远梦葱茏。
江南一颗相思豆，烧得秋山万树红。

### 牧牛漓江

笛声吹破一天霞，烟雨江波两岸花。
野草滩头牛戏水，绿荫深处隐农家。

### 漓江渔歌

不羡机帆逐浪高，渔家风月自逍遥。
打篙起网哥伴妹，水调满仓出碧涛。

### 香溢春山

谁挥彩墨乱峰中，姹紫嫣红湿绿丛。
云鬓花颜芳阵里，蜂吟蝶舞醉春风。

## 壮美黄山

怒马奔腾山挟海，云龙翻滚浪吞山。
千寻峭壁青松立，浩气雄风逼远天。

## 雨后炊烟

层峦叠翠雨余新，万顷稻苗细剪匀。
石径弯弯林树暗，炊烟招手唤归人。

## 杜鹃满山

非关望帝化灵禽，淮海悲歌岁月深。
碧血梦沉腾烈焰，山花烂漫慰忠魂。

# 漓江雾韵（二首）

### （一）

江声摇梦梦摇山，山影朦胧醉画栏。
螺髻风流新出浴，轻纱难掩五更寒。

（二）

碧波摇夜漾流星，冷月如弓射画屏。
汽笛一声晨雾散，游船过后乱飞莺。

1993年初稿，1998年5月改定

## 看黄梅戏《双下山》，赠黄州诗友丁永淮同志

谁将妙笔写灵襟，情到痴时梦亦真。
罗汉也知人性美，下山重唱喜翻新。

1995年11月4日

# 竹枝词·听曲（八首）

今年春天，著名鼓曲演唱艺术家魏喜奎出访北美前夕，曾为首都观众举办独唱晚会多场。演唱“奉调”“梅花”“京韵”“铁片”“单弦”诸鼓曲。本功、客串，俱臻化境。一个鼓曲演员，一个晚上，唱七八个段子，场场客满，观众兴趣不衰，堪称曲坛一绝。激赏之余，赋俚曲数首志感。

## （一）

凤调擅场雅韵传[①]，莺声未老的溜圆。
谁言鼓曲知音少，四座动容多少年。

【注】

① “凤调”指魏喜奎演唱的本功曲种“奉调大鼓”。诗中以“凤”代“奉”，取其形象与谐音耳。

## （二）

旁收博彩大家风，格调独标艺自雄。
五夜鸡声三更月，凤兮一唱动京城！

## （三）

如花歌女哭沉沦，啼笑姻缘一曲新[①]。
春满京华天地换，悲歌重唱鉴今人！

【注】
① 晚会有曲剧“啼笑姻缘”插曲。

## （四）

负心天日负心郎，忍负花魂葬大江[①]。
顾曲乍听沉玉怨，红颜相对泪沾裳！

【注】
① 晚会中有单弦“杜十娘”套曲。

## （五）

潇湘夜雨吊诗魂，弦咽悲吟沁血痕。
凄绝一声林妹妹[①]，无情焦大也伤神。

【注】
① 鲁迅翁曾有言曰：贾府焦大也不爱林妹妹的。

## (六)

哭玉探雯谱相思，红楼妙曲赏新词。
珠联璧合传双美，魏家清唱小窗诗！[①]

【注】

① 清人韩小窗的子弟书代表作“露泪缘”，是一部以宝黛爱情悲剧为主题的叙事长诗。魏喜奎唱的“宝玉娶亲”“黛玉归天”“哭黛玉”“探晴雯”诸曲目，脚本均采之该长诗。

## (七)

字正腔圆檀板清，一嗔一笑见真情。
出神入化台台戏，俱在千锤百炼精。

## (八)

大治旗开改革风，群雄腾跃建奇功。
试看来日歌台上，老凤雏莺竞争雄！

1984年4月14日北京

# 竹枝·丽调吟[1]（八首）

报载：上海著名评弹演员徐丽仙患癌症，住院期间，强忍病痛，仍孜孜不倦地从事曲段创作和传艺工作。精神感人，韵语志感。

（一）

吴歌声咽泪偷弹，惨淡霓虹照玉颜。
十里洋场歌女恨，琵琶按断几多弦？

（二）

红旗一夜醒春申，旖旎江山属庶民。
度曲深知时代变，不歌风月唱风云。

（三）

当年曾谱《木兰辞》[2]，黄水黑山寄壮思。
绕指钢柔成绝调，唱彻金戈铁马诗。

（四）

评弹无奈遭四凶[3]，紧锁歌喉丽调声。
一夜东风催好雨，琵琶重奏慰工农。

（五）

傲骨支离惜寸阴，琵琶忍歇绕梁音？
病躯拼却传佳艺，丽调铮铮韵自新。

（六）

丹心何惧病折磨，不尽回肠荡气歌[4]。
丽调遥听唤总理，九州挥泪雨滂沱！

（七）

艺海珠峰万仞登，新枝老树郁葱葱。
风流一代初逞艳，桃李芳菲慰园丁。

（八）

万里东风雨露滋，南弹北鼓[5]绽花枝。
回春有术还君健，好为山河谱新词！

1978年9月初稿1980年1月修改

【注】

① 徐丽仙独具风格的演唱和琵琶伴奏艺术，曲艺界称“丽调”。

② 《新木兰辞》是“丽调”开篇代表曲目之一。

③ 江青诬蔑评弹是“靡靡之音”，一律不准上演。

④ 徐丽仙住院期间创作并录制了弹词开篇《怀念敬爱的周总理》。

⑤ 北方的主要曲种有西河、京韵、梅花、梨花、奉调等大鼓。

# 竹枝·津门听曲赠骆玉笙（五首）

## （一）

一曲闻铃响艺坛[①]，翻新绝调唱红岩[②]。
黄钟大吕绕梁起，慷慨悲歌浩气盘。

## （二）

学前贤更越前贤，独辟清声向艺园。
白曲刘腔今已矣[③]，铮铮京韵骆家传[④]！

## （三）

骆派蒙尘久息声，十年哪闻唱韩英[⑤]。
悲歌又听洪湖浪，四座同悲哭贺龙。

## （四）

字正腔圆鼓板清，手挥目送复多情。
曲终弦匝人归去，座客痴迷梦境中。

（五）

惨淡经营五十年，南溟探得宝珠还。
红羊劫后歌犹壮，好谱山河亮丽篇！

【注】

① 《剑阁闻铃》是骆玉笙形成京韵大鼓流派的代表曲段之一。

② 指根据《红岩》改编的曲段《黎明前的战歌》。

③ 刘宝全、白云鹏为京韵大鼓两大流派的创始人，曲艺界称刘派、白派。

④ 骆玉笙吸取刘、白派两家之长，创造了独具风格的唱腔，人称“骆派”。

⑤ 最近骆玉笙重新演唱了十年前她的拿手唱段《韩英见娘》。

## 赠李润杰（四首）

（一）

白雪阳春赏者稀，巴人下里更相宜。
工农自有知音客，四海听唱竹板诗[①]。

（二）

踏遍青山访白山，歌凝弹雨染煤烟。
豪情恰似江河浪，谱出风雷战斗篇。

（三）

金门宴罢惊顽敌[2]，女将双枪竞传奇[3]。
悬念连环听不厌，无言桃李下成蹊。

（四）

十年劫后消冰山，昂首春风上曲坛。
白发艺精人未老，竹板长歌大治年。

【注】

① 《李润杰快板书选集》一书，传唱甚广。

②、③ 《金门宴》和《劫刑车》是李润杰自编自演的两段快板书。

## 赠曲坛新秀（二首）

（一）

千钧霹雳净妖氛，曲苑缤纷又早春。
细雨和风桃李树，芳菲处处看新人。

（二）

滴露清音绿绮琴，歌喉百转自传神。
满园春色关不住，百花争艳出津门。

# 竹枝词·听曲（四首）

## （一）

断肠昔日雨霖铃，绝调翻新为农工。
白发萧萧歌犹壮，黄钟大吕战云横！[①]

【注】

① 京韵大鼓演唱艺术家骆玉笙年过70，艺术不衰。“剑阁闻铃”“红梅阁”“黎明前的战歌”“卧薪尝胆”诸曲，或凄绝哀怨，或慷慨悲壮，观众为之倾倒。

## （二）

惜雯悼玉久蜚声，俚曲阳春四海惊。
昨夜梨园飞凤调，红楼重唱动京城！[①]

【注】

① 著名曲艺、曲剧演员魏喜奎访美前夕，曾举办独唱晚会，唱奉调“宝玉探病”“哭黛玉”“探晴雯”诸曲段，观众赞赏不已。

## （三）

杏花深巷雨潺潺，百啭莺声软似棉。
燕赵人歌吴语媚，铜琶铁板唱评弹！[①]

【注】

① 北京单弦演员赵玉明、马增惠，学唱评弹数曲，使观众一新耳目，曲艺界谓之南曲北唱云耳。

## （四）

豆蔻年华百炼功，梅花香自苦寒生。
二泉映月歌新调[①]，雏凤清于老凤声。

【注】

① 天津青年演员籍微唱梅花大鼓“二泉映月”，演唱俱佳，曾在1981年举行的全国优秀曲目观摩演出中获奖。

# 西行吟草

## 车窗远眺

穹庐望断起楼层，敕勒川摇白絮轻。
西去列车窗口外，贺兰山色稻青青！

## 访西夏陵

荒陵何必叹衰兴，霸业由来白骨撑。
可汗昊王成漠土，骈阗百族共春风。

## 银川抒感

铁马悲笳识贺兰，秋风吹鬓到银川。
夏王陵墓颓残瓦，绝塞城乡杳战烟。
沙绿稻田河套富，草肥漠野马蹄欢。
花儿唱彻关山月，诗兴撩人上碧天。

## 新边塞诗会志贺

郁郁青杨萃凤城，黄河九曲稻粮丰。
列车来往苏边塞，银燕翱翔薄太空。
乐府盛唐存浩气，新诗西部唤雄风。
关山壮丽招才士，铁板铜琶谱大同！

## 梦驼

征尘漫漫四蹄风，万道沙山背作峰。
大漠乘舟君渡我，归来一梦化驼铃。

## 过草原

马蹄鞭影妹追郎，情惹山风野性狂。
一曲花儿歌未尽，敖包月上待西厢。

## 游沙湖

柔风细雨倚严妆，幽绝塞湖水一方。
十里画船诗境里，情牵梦绕到潇湘。

## 访中卫固沙林场

鼓楼迎客成楼空，一路稻香催绿风。
回汉一家挥汗雨，铁龙呼啸锁沙龙！

## 赠宁夏诗友

一自红旗卷六盘，黄河绿染碧云天。
贺兰山下英雄气，化作新诗壮塞川！

1995年9月3—12日草于银川、北京

## 参观银川植物园

园中千树绿如油，墙外萧萧大漠秋。
一代拓荒多巧手，沙坪绣出百花洲。

## 赠陶玲①

育李栽桃绿漠疆，风流何碍鬓添霜。
月园为试梅家唱，四座疑听杜近芳。

【注】

① 陶玲，退休女教师，诗词家，擅京剧清唱。

## 赠戴学忱[1]

嘹亮歌吟百啭声，传神清韵在传情。
艺高不羡华堂贵，爱助诗家唱国风。

【注】

① 戴学忱，国家一级歌唱演员，诗词吟唱家。

## 引大入秦工程感赋（四首）

### （一）

祁连积雪射眸寒，千载驼铃跋涉难。
黄土扬尘埋柳径，旱魔纵火燎禾田。
相濡涸辙鱼枯沫，跪雨莲台眼望穿。
水漫通河空流去，秦川自古地生烟。

### （二）

改地换天赖众民，雄风又起禹公魂。
穿隧雷激丹忱热，跨涧虹垂碧血痕。
引大丰碑昭日月，兴农伟业继儿孙。
缤纷花雨丝绸路，梦醒单于阵马奔。

## （三）

荧屏一览斗天篇，梦绕情牵访水源。
险壑幽深虹倒吸，群峰高耸月圆穿。
波声入耳歌音脆，峦霭窥窗画境鲜。
龙啸天堂雷播雨，麦风花信涌秦川。

## （四）

改革潮头箭满弦，风来八面醒皋兰。
五洋借石能攻玉，九地潜龙不靠天。
山吐银河浇漠土，水随人意绿荒川。
春旗陇上愁颜改，羌笛花儿唱月圆。

# 延安纪感（八首）

记得从十一二岁参加抗日儿童团，学唱《延安颂》时开始，革命圣地延安便深深地嵌在我的心中。四十多年来，魂牵梦绕，心向往之。直到今天，才有幸乘参加中国作家协会工作会议之便，一睹延安风采。几天来，随马烽、李若冰等老一辈鲁艺战士，遍谒革命遗址，饱览古城名胜，抚今思昔，激动万端，成小诗数首，聊以志感。

（一）

圣地寻根路几千？文朋诗友会延安。
重温领袖殷勤意，服务人民大道宽！

（二）

雀儿沟畔忆华年，书案飘摇万里烟。
一夕雄谈惊艺苑，秧歌舞起绿尧天。

（三）

衣上征尘五十年，豪情未老鬓丝斑。
归来重唱开荒调，热泪纵横不忍弹！

（四）

奇峰古洞焕青春，万佛开颜偈语新：
一自红旗辉梵呗，清平世界梦成真。

（五）

半壑松风蕴豹韬，杨家岭上夜迢迢。
雄鸡一唱丹霞起，万里铁流冲碧霄。

（六）

宝塔山高几梦游，登临今始豁吟眸。
雄风八面开文运，时代诗催破浪舟！

（七）

楼抱凤山缕缕霞，凭栏几树未名花。
紫衣天使知寒暖，客舍春风胜似家！

（八）

同是文工队里人，五湖四海共丹心。
临行一醉延河酿，大路朝天笔有神！

1992年5月8日初稿于延安宾馆
5月22日改于北京虎坊公寓

# 天山吟草

## 天山竹枝词（十六首）

小引：1994年9月5日，余随“人民保险杯”全国诗歌大赛部分获奖诗人访问团赴新疆采风。匆匆两周，途经乌鲁木齐、天池、奎屯、博乐、伊宁、喀什、吐鲁番等地，走马看花。所到之处，蒙各地保险公司朋友及维、哈族同胞热情接待。边地风情，感我良深，每有所得，辄以俚曲记之。21日返京后，稍加整理，得竹枝词若干首，略以纪程，兼谢新疆友好云耳。

### （一）西行机上

战罢玉龙腾九寰，白盔素甲化云烟。
蜃楼海市诗情里，醉倚舷窗望雪山。

### （二）到喀什

横穿大漠逐鲲鹏，浩荡高寒万仞风。
眨眼绿洲花绽笑，始知人已到边城。

## （三）喀什工艺街

百艺作坊能手传，丝绸路上袅炉烟。
丁当砧杵童工仔，何日领巾系校园？

## （四）伯乐怪石沟

龙战玄黄断戟横，国殇十万殉尧封。
青山不老悲歌壮，怪石嶙峋塑鬼雄。

## （五）果子沟

才照赛湖眉月弯，盘山车上彩云闲。
一川溪水千花蜜，瓜果醉人梦也甜。

## （六）伊宁路上

花瑶玉佩舞徘徊，笑逐羊群傍水隈。
鞭花起落歌声里，驼铃渐远马帮来。

## （七）奎屯

秋花似火笑迎人，绿绕红楼不染尘。
农垦官兵挥汗雨，新城汉月照丹忱。

## （八）奎屯谒林则徐塑像

夜气如磐傲骨撑，百年浩气属英雄。
虎门一炬熊熊火，唤醒睡狮振国风。

## （九）葡萄沟

葱茏碧叶紫珠鲜，凉气顿消火焰山。
小坐葡荫听水韵，不知世外有桃源。

## （十）赠新疆保险战线朋友

吉祥鸟啭播春温[①]，白雪红旗爱意深。
百族逢人开口笑，绿风花雨草如茵。

1994年10日31日

【注】
① 吉祥鸟，保险事业的象征。

## (十一)望天山

周天寒彻望天山，雪裹冰封不记年。
倚剑谁将凉热截，平分春色遍人间。

## (十二)天池

万笏雪峰拜玉颜，绿杨倒影绿弯寰。
仙娥装罢飘然去，抛镜成湖半壁悬。

## (十三)过古轮台

羌管胡笳入梦遥，疆场回首战歌高。
楼台不见轮台月，血沃黄沙涌碧涛。

## (十四)乡音

雪山一夜洗尘襟，梦系齐烟化彩云。
西出阳关春色暖，绿洲处处有乡音。

## (十五)过南疆某边城

丝绸古道沐春风，西塞雄关次第通。
商贾往来边地阔，车如流水载繁荣。

## (十六)“亚科西”

牛羊汗漫雪山云，谁拓西疆日月新。
琴乱于阗歌舞醉，“亚科西”唱王将军！

## 石河子三首兼赠《绿风》诗刊（三首）

（一）

铁军征大漠，汗血沃葱茏。
屯垦旗开处，新城涌绿风。

（二）

雄边盛唐气，时代唤新声。
忧患关天下，风骚继艾青。

（三）

一自红星照石河，戎装情染古荒坡。
铁流万里英雄气，化作天山绿雪歌。

## 赠新疆农六师103团

军旗依旧艳如霞，戈壁沧桑草树花。
棉海催诗吟绿梦，密瓜醉客不思家。

## 天山日出

素裹天山晕紫峰，跳珠喷薄火腾空。
铁车鸣笛霞光乱，戈壁风情绿画中。

## 车窗外葵花

挥锹不减枕戈威，乱石灰飞塞土肥。
眼底流金花万顷，绿旗烈阵挽春回。

## 红柳

细枝碎叶自蓬蓬，冷逼炎蒸硬似弓。
千里漠荒星闪绿，生机一片播春风。

1998年8月石河子—乌鲁木齐—北京途中关东行吟

## 出关

流亡一曲漫吟哦，桑海悲欢感慨多。
大豆高粱亲黑土，森林煤矿接银河。
天池水冷参仙舞，长白峰幽月镜磨。
留得军魂昭义勇，松江浩荡谱新歌。

## 登长白山步韵和刘征同志（二首）

### （一）

倚风步月水中央，明灭烟霞梦一囊。
锦瑟声凝千仞雾，珠帘冷透五更霜。
桦林夹道通幽境，秋柳迎人上翠岗。
为报回眸留笑靥，白山化石望仙乡。

### （二）

路断难探绝壑深，已惊鬼斧削嶙峋。
峦开画幛龙腾远，瀑泻雷车虎啸尊。
烽火关山怀烈士，清凉世界爽游人。
流亡血泪滋乡土，化作葱茏染碧云。

## 九台路上

秋水卡伦一鉴开，稻香苹艳醉云崖。
车窗不尽丰收景，惹梦催诗上九台。

## 过松花湖

玉树琼枝梦未开，松花湖上小徘徊。
秋山如画烟波里，云开枫丹涌客怀。

## 自白山返京酬张福有诗家

关东有学士，黑土养其根。
质朴农家子，风流翰墨邻。
大公勤政事，椽笔起骚魂。
遍地秧歌舞，浑江四季春。

## 七律·步韵和张岳琦、秋枫二诗友

### 其（一）

冰雪昆仑剑欲匀，闻鸡慷慨忆青春。
半生忧患兼天下，万卷图书慰苦辛。
已有政声清宦海，何妨余事作诗人。
大同旗下关山远，击楫中流不问津。

## 其（二）

横眉不屑黛铅匀，霜叶红于烂漫春。
情逐鉴湖腾浩气，词怜漱玉抑悲辛。
琴心对月真风雅，妙语连珠自可人。
辽海潮来梳绿鬓，缪斯结伴渡吟津。

## 留别白山市委朱彤副书记

白山经纬说春秋，妙语如珠石点头。
乡国同天肩半壁，政清诗雅自风流！

## 出关路上赠诗友

谁试青霜剑，罗衣曳紫虹。
回眸人一笑，醉煞杜陵枫。

## 海滨夜歌

海风吹梦俗虑空，细浪飞珠舞彩虹。
花雨缤纷红袖阵，茜裙袅娜绿杨丛。
仙娥底事离瑶阙，丹鹤频来拜蜃宫。
四海一家同此夜，画堂人醉月朦胧。

1981年秋

## 参观大连玻璃厂

九转炉开七彩屏，流霞绕指化丹青；
花魂香沁蓝田玉，月魄笑凝镜泊冰；
走马灯摇珠错落，蟠龙壁绕翠晶莹。
琉璃世界群芳艳，岂止寒梅傲雪清！

## 题大连贝雕艺术展览

珠光宝气碧玲珑，水国渐开贝阙宫；
蓬岛飞烟神女渡，银河流水鹊桥通；
春桃一片江南雨，朔雪千山漠北风。
辽海女儿多巧手，雕刀写意夺天工。

1983年8月

# 三晋行吟

## 重过晋祠

古松拂殿曲回廊，禁庭依旧锁春光。
回雪忍翻雕玉佩，啼痕偷拭点梅妆。
蓬壶已冷神仙梦，银汉从无鹊尾梁。
祠外桃源村巷绿，好凭水母稼田郎。

## 游广胜寺（二首）

### （一）

姗姗秋雨寺门开，一塔飞虹出险崖。
游客摩肩迷彩塑，信徒寥落跪莲台。
松涛漫对风铃语，贝叶轻翻木鱼哀。
惹梦牵情烟雾里，太行秀色扑人来。

### （二）

伞花一片草如茵，松径清凉爽旅人。
十里水环山寺响，千峰翠滴客眸新。
宝雕毕肖诸天象，画壁空灵杂剧魂。
证佛何须身外悟，且凭山雨洗尘心。

## 老槐树下

氏族纷纭溯脉根，洪洞明季徙先民。
古槐老去新槐茂，地北天南复绿荫。

## 登霍州古戍楼

百尺楼高上碧云，风来八面荡吟襟。
吕梁浩气冲霄汉，太岳悲歌动古今。
煤炭涌流煤井口，绿城缠绕绿乡村。
汾河两岸容颜改，三晋物华日月新。

## 庆祝霍州解放五十周年

一自红旗上鼓楼，天翻地覆换春秋。
铁流太岳雄风在，百业腾飞起霍州。

## 过周村

平房连巷一式新，乡校层楼出绿荫。
禾菽青遮塬上土，小康举步起周村！

## 参观霍州市陶磁厂

祭红葱绿碧天青，窑变霍山七彩虹。
东到蓬瀛西佛印，磁砖万里砌琼宫。

## 霍州蒲剧清唱晚会留题

忠烈杨门弱女冤，悲歌变徵遏云天。
声情一夕蒲州调，三日绕梁思霍山。

## 苏三监狱

苏三起解识洪洞，霜鬓今来访戏踪。
冤狱血斑贫女泪，长悬殷鉴察官风！

## 吴镇养鸡专业户

扁豆丝瓜蔓复墙，莱亨满棚蛋盈筐。
春风得意农家嫂，笑对快门说小康！

## 尧庙

尧庙丹青记史前，躬耕帝力感苍天。
薰风处处消民愠，烂漫卿云颂古贤？

## 题“阳城杯”田园诗大赛四绝句（四首）

### （一）

十五国风河有源，秧歌牧笛诉悲欢。
山乡梦醒翻新曲，马达声声绿陌阡？

### （二）

故土情深结梦缘，千家诗兴系田园。
泥香雨润生花笔，画出农村亮丽天。

### （三）

祖传硕鼠口丁繁，丰岁人家饿岁寒。
愤怒托诗挥雪刃，官仓一扫腹便便。

（四）

吟旌又卷太行风，两榜征诗雅俗同。
一笛横吹牛背远，轮机交响唱农耕？

1996年8月18日—9月4日太原—霍州—临汾—北京

# 三晋杂咏（八首）

## 参观马峪葡萄园

战尘三国梦惊回[①]，马峪迎人入翠微。
千顷紫珠甜沁肺，葡萄醉客不思归。

【注】

① 自太原赴马峪途中，参观正在兴建中的清徐县三国城。

## 乔家大院民俗馆留题[①]

曲院重门古画屏，琳琅金匾大红灯。
半堂宝藏千秋史，三晋风情一览清。

【注】

① 此院为电影《大红灯笼高高挂》外景拍摄地。

## 赵家堡新村书感

百家别墅拥楼群，烟柳城乡几不分。
红绽一枝花独秀，何时春遍小康村？

## 忆五台六月雪[①]

短袖轻衫访晋阳，五台夜雪佛头凉。
分衣暖我登山趣，美景催诗小杜狂！

【注】

① 1992年6月游五台，一夜大雪漫山，三日不化，蒙董耀章、张承信兄分我毛衣却寒，始得登山遍访古寺。

## 游双塔寺[①]

碑林漫赏字横斜，双塔插云仰物华。
放眼无缘凌绝顶，且留晚照伴飞霞！

【注】

① 时双塔正维修中，禁止登临。

## 祝全国田园诗大赛成功[①]

汗雨牛耕腹半空，田园几见稻粮丰。
小康路上悲欢泪，浇出诗花别样红！

【注】

① “全国田园诗大赛”颁奖仪式，于1994年8月15日在太原举行。

## 《诗刊》第十二届青春诗会祝辞[①]

百年忧患系灵襟，自有知音雅俗亲。
华夏风流鹏翼展，青春似火伴诗神。

【注】

① 诗会于1994年8月上旬在山西省宁武县召开。

## 留别山西诸诗友

樽酒谈诗兴也豪，相逢何必是深交。
纵使并州刀剪快，汾河难断水滔滔！

1994年8月13—19日太原—北京

# 偏关放歌（四首）

## （一）

黄河绕晋路三千，焦渴城乡欲饮难。
不老仙泉泉眼瘦，长流汾水水源干。
河东稻菽田龟裂，雁北林丛石马翻。
尧庙时闻神禹泣，浪不登高可奈天！

## （二）

紫塞烽台久息兵，偏关底事战云横。
铁弓鸣镝潜龙出，野炮喷雷峭壁倾。
太岳雄风催劲旅，吕梁浩气淬时英。
引黄入晋千秋业，世纪丰碑照汗青！

## （三）

万寨湖开新纪元，琵琶起舞醉飞仙。
晋煤情暖神州土，汾酒香飘域外天。
鞭影马蹄云袅袅，秧歌笛韵水潺潺。
黄河波润城乡碧，西口人归唱月圆。

## （四）

柳暗花明映碧波，黄河欢笑唱新歌。
艳阳铺地虹飞雨，洞月穿山浪织梭。
电泻银丝苏矿厂，川流渠网润田禾。
一声布谷催耕早，三晋城乡绿梦多！

1996年12月22日

## 炎帝陵

宇宙洪荒第一犁，农耕立国此开基。
千回百折康强路，崛起东方炎帝旗。

## 临猗果乡巡礼

小康招手访河东，林果飘香出绿丛。
秋色斑斓画图里，千村梨枣串珠红。

## 登平遥古城

烽烟早息古平遥，七二碉楼警未消。
纳粹东条魂不散，国殇泉下唤磨刀。

2003年秋

# 南天吟草

## 重到南宁

八桂重来采国风，歌仙绝唱入遥空。
邕州十万摩托女，壮锦飞梭织彩虹。

## 春深四月，左江岸上，迟开木棉仍繁花似火

碧血左江迹已陈，壮乡日月望中新。
春深未老英雄树，火炬高擎励后人。

## 过合浦

蜃气楼台淡夕烟，梦回合浦到仙源。
月明不见鲛人泪，海女荷珠结队还。

## 明江船上

绿风轻拂洗尘烦，碧澈明江放客船。
两岸丹青烟雾里，画屏开处到花山。

## 登友谊关

杀气雄边不记年，国门如铁血斑斑。
金鸡啼破烽烟夜，友谊桥通不设关！

## 花山

绿风一路涤尘烟，碧沏明江放客船。
两岸莺歌听未尽，画屏开处到花山。

## 古岩画

戈矛犀甲舞徘徊，铜鼓殷殷动地雷。
百战豪情融社火，壮家儿女凯旋归。

## 中越边贸市场

壮音越语喜相逢，一唱金鸡货殖通。
犀贝玲珑南舍巧，裙衫艳丽北邻工。
投元报盾成交易，我唱君和敦弟兄。
夕往朝来频握手，恩仇一笑化春风。

## “李杜杯诗词大赛”志庆

风流早占五湖先，桃李无言萃岭南。
乐府裁诗倡美刺，棒杯李杜荐时贤。

## 读《和三个小猢狲对话》步刘征原韵赠李汝伦

经国何妨曼倩文，一腔忧患对猢狲。
惊雷听自无声处，血性男儿识汝伦。

## 到广州

雪压长河落日圆，夜凉扬子雨姗姗。
八千里梦晨曦醒，春色迎人在岭南。

## 从化道上

南国寻诗万里行，冬花千树醉颜红。
一河流碧车行远，隔岸人家水调中。

# 温泉城即景（三首）

## （一）

紫荆绿雾绕楼台，空翠湿衣漫步回。
十里流溪花影动，穿廊人自画中来。

## （二）

蟠桃王母醉罗帏，天女思凡下翠微。
偷得仙泉疗病苦，华清懒去问杨妃。

## （三）

十二层城曲岸涯，瑶池酿梦醉流霞。
何时一脉仙源水，浴遍寻常百姓家？

## 宿从化陆通山庄

南国冬深绿未凋，雪飞万里又春潮。
半城流水琴音乱，四壁环山画镜摇。
竹影横窗云淡淡，蕉风吹梦雨潇潇。
温泉醉醒桃源客，风雨怕听破屋谣！

1994年12月18日—29日
北京—广州—北京

## 儋州小吟（二首）

（一）

九死南荒气未磨，沧桑吟彻定风波。
儋州雅集邀苏子，领唱新翻世纪歌。

（二）

霓虹丝管绿缤纷，半曳蓝波半遏云。
海韵黎腔调声里，诗乡一夜客销魂。

## 松涛水库题句

儋耳开仙境，松涛枕梦流。
倚天人导水，挟绿润田畴。

## 越南采风（三首）

### 河内瞻仰胡志明遗容

疆场文阵挽雕弓，一柱南天气自雄。
战士诗中真有铁[①]，铮铮遗韵壮东风。

【注】

① 胡志明《诗歌革命》有句曰“现代诗中应有铁”。

### 戏赠越南导游裴秋香女士

一枝红艳降车厢，汉语缠绵动客肠。
三笑梦回唐学士，也来南国点秋香[①]。

【注】

① 旅游团出友谊关，上了越南早已备好的大巴。当导游小姐用汉语自报芳名“秋香”时，游客中有几个年轻诗友高声呼：“唐伯虎来了……”

## 英雄岛遐想[①]

蜃楼海市画屏堆，浪息烽烟化翠微。
岛上胡公一挥手，雄兵十万凯旋归。

2001年深秋

【注】
① 英雄岛在夏龙湾海中。

# 天台（三首）

## 天台山印象

佛土仙源幻也真，碧城明灭绿缤纷。
半山花雨云遮寺，万壑松风浪抚琴。
画境渐开诗梦远，茶歌漫唱越讴新。
挟雷飞瀑穿梁泄，动地惊天壮国魂。

## 国清寺即兴

古刹隋梅久擅名，山门半掩五峰青。
散花云影飞梵雨，腾绿松涛滤世情。
贝叶一帆浮海岛，回澜双涧洗心灵。
禅关悟彻兴亡鉴，暮鼓晨钟祝国清。

## 七绝·为《天台山唐诗之路诗词选集》题句

山青葱绕水玲珑，唐韵悠悠古寺钟。
天女散花云锦乱，采诗人醉画图中。

# 杂诗

## 为百名诗书画家缅怀世纪伟人笔会而作

### 回归吟（四首）

（一）

血染明珠饮恨多，百年雪耻净山河。
殖民日落沉西海，正气摩天谱凯歌。

（二）

北望家山四百年，终教公理胜强权。
污泥荡尽红莲笑，濠镜重光禹画天。

（三）

双璧偕归恨渐磨，血光忍睹五洋波。
卢沟桥下埋刀处，子夜犹闻义勇歌！

（四）

南海珠还璧未圆，升平勿醉太平年。
霸权正酿东条梦，打鬼须凭胆剑篇！

# 参观北京市三露厂有感（二首）[①]

## （一）

吴刚斫落桂枝香，月姊多情荐秘方。
五百仙娥挥素手，大千世界点梅妆。
紫罗兰梦难争俏，白玉霜姿渐擅场。
环宇天天迷大宝，东风三露下西洋。

## （二）

巧手灵心志未残，男争自立女争先。
散花烂漫香云鬓，酿露晶莹润玉颜。
情满人间春不老，爱牵湖海月常圆。
飘柔金发蓝眸醉，兰麝销魂禹画天。

【注】

① 三露厂系福利工厂，有几百名聋哑人在此就业，所产大宝系列化妆品，行销大江南北，并在世界40多个国家和地区占领市场。

## 抗洪图（二首）

### （一）

底事昆仑砥柱倾，裂天泻瀑乱流横。
水来倒海吞禾稼，浪起排山卷巷城。
神禹分洪穷绝技，李王堆堰小难凭。
挽澜自有红军勇，血肉围堤铁铸成。

### （二）

洞庭扬子起悲风，万丈长缨缚孽龙。
舍死救生成大义，赴汤抢险竞先锋。
九州衣食同温饱，四海庐棚共夏冬。
众志胜天灾难后，东方一柱五星红。

## 七律·歙砚

日采明霞夜刻星，神刀镂石化精灵。
雁湖眉晕横波媚，龙尾纹开角浪清。
斑斑后主兴亡泪，缕缕东坡谪宦情。
翰墨无涯桑海变，催诗入画答升平。

2002年春

# 海魂吟（四首）

（一）

首义南昌下井冈，征途未尽万山长。
红旗漫卷蓝天水，更励军魂铸海疆。

（二）

蓝星吻舰浪吟轻，举国梦酣醒水兵。
玉鉴琼田三万里，长城崛起剑锋青。

（三）

蓝箭弓圆冷月横，敌情蠢动电眸清。
任它铁鳄来深海，烟灭灰沉浪不惊！

（四）

麦风稻雨绿如油，工矿城乡海市楼。
蓝盾森严非甲午，殖民梦破霸狼愁。

# 酬答题跋(一)

## 克家诗翁九十大寿志庆（二首）

（一）

灵襟藏百海，妙悟不参禅。
韵出闻天语，放歌卷巨澜。

（二）

忧患关时运，老泪系黎元。
新诗融旧体，大笔两如椽。

## 七律·步韵奉和周汝昌诗翁《世纪颂诗赛开赛式喜赋》

椽笔新开禹画州，骈阗百族酒倾瓯。
战洪抢险人英勇，率富扶贫岁裕游。
宝剑啸天贪墨抖，昆仑裁雪热凉周。
东方一柱红星闪，国际歌翻霸主楼。

## 七绝·步韵奉和林锴画师《世纪颂诗赛开赛式喜赋》

中兴国运换春秋，帆满潮头百舸流。
言志抒怀兼美刺，风骚得意竞登楼！

1999年1月6日

## 绝句（四首）

### 贺友人乔迁新居

檀火腾灵翼，忘机万虑空。
南枝栖绿梦，吟啸伴清风。

### 读《雁翼新词》

关山海月雨丝丝，梦翼飞天采紫芝。
忧国忧民多少泪，性灵悟语化新诗。

### 重读刘章《牧羊曲》

空山鸟语杜鹃红，野草流云牧笛风。
夕照沟门渠柳畔，诗人家在画图中。

## 贺刘章《太行风景》出版

太行浩气柏坡魂，燕赵歌吟壮石门。
时代风流开画境，刘郎诗笔最传神。

1998年2—3月

## 题赵京战《苇航集》（二首）

### （一）

劫来血火醒刀弓，忧患苍生系大同。
银翼五星鸣镝起，军歌慷慨壮东风。

### （二）

烂漫诗情笔梦花，碧云天外曳流霞。
昆仑倚剑裁冰雪，春色平分四海家。

## 题阎飞鸿《风华正茂》（二首）

（一）

蹄铁驱雷卷地风，穹庐俯仰草葱茏。
雄关漫道横天险，叱拨腾天化火龙！

（二）

梦回大漠笔自雄，缣上龙骧乱雪风。
百态为传神骏美，飞鸿振翮上遥空！

1992年6月

## 为赵焱森《毛泽东颂》题句

谁谱长歌续楚风，丹霞万朵灿韶峰。
哲人倚剑昆仑上，指点神州向大同。

## 听北京青龙桥小学唐诗吟唱感赋

世纪东方焕彩霞，唐音流韵遍中华。
青龙桥上诗声起，桃李争春竞着花。

2001年秋

## 呼兰县萧乡诗社十周年贺诗[1]

白山黑水夜迢迢，义勇军歌猛士刀。
千古萧乡奇女气，钟灵毓秀蕴诗潮。

【注】
① 呼兰县为现代著名女作家萧红故乡。

## 题张文廉《柳笛集》

柳笛葱茏播绿音，绿阡绿陌绿乡村。
小康一路悲欢曲，渐揾田园旧泪痕。

## 题董澍《天马集》

西望昆仑倚剑雄，迸雷掣电火嘶风。
红旗如画关山远，汗血腾云好化龙！

2001年7月

## 秋枫、翟致国诗家新婚志禧

诗家有味是离情，梦逐蓬山入杳冥。
燕塞霜枫长白雪，灵犀一脉结鸳盟。

2000年

## 应杨世安嘱为《卢直夫先生怀念文集》题句

俯首甘为孺子牛，青春无悔死难休。
园丁天上应欣慰，桃李三千仰邓州。

## 应杨世安画师嘱为《梦幻乡情》题句

海角天涯路万千，相思如水自潺湲。
多情最是家乡月，常伴童心入梦圆。

## 深圳诗会留题

风骚一脉国传家，忧患歌吟励汉华。
诗教沉钟南海起，万千桃李竞新花。

## 为轩辕杯诗赛题句

书开鸟迹万年功，率土农桑趋大同。
今日轩辕台上望，东方崛起正腾龙！

## 题郑邦利《南海潮音》

瘴梦悲欢逐逝波，蕉风椰雨绿婆娑。
车驰船泊琼崖路，南海潮来谱壮歌。

## 七绝·祝中流诗歌大赛成功（二首）

### （一）

一代风流唤楚雄，韶峰霞起蔚寰中。
哲人笑在云端里，指点江山入画屏！

### （二）

尽扫夷腔失落声，国风流韵响铮铮。
诗坛自有先锋在，击水中流唱大风！

## 题董文诗选

翰墨风流逐日新，心声心画出天真。
临池妙得禅家悟，诗自空灵笔自神。

## 题周济夫《石竹斋集》

吟怀还系瘴云愁，南岛欣逢改革秋。
石竹斋诗歌未尽，海风吹梦绿琼州。

1995年10月18日北京

## 读诗集《花季》志感，兼谢香港蓝海文、晓静二诗家（二首）

### （一）

锦瑟新翻五十弦，国风代有雅人传。
香江花季妍双璧，诗月何曾向外圆？

### （二）

淡淡幽香出绿荫，牵情惹梦幻耶真。
雨丝风片烟霞里，桃李芬芳识国魂。

# 步韵奉和刘章六十自寿（二首）

## （一）

壮岁华年方六十，生花妙笔正芳时。
青山绿水琳琅画，明月清风啸傲诗。
剑气凌寒鸡唱早，书香拥醉梦游迟。
一腔忧患关天下，世事洞明智若痴。

## （二）

苇笛山歌唱牧羊，石门有幸识刘郎。
座中词友兼农友，韵里书香伴土香。
情系民生离困顿，心期国运转康强。
青春未老风云笔，好谱中兴七彩章。

# 马年试笔

战酣域外叹鸡虫，倚剑昆仑气吐虹。
龙马西驰开国步，钧天乐奏大江东！

## 题张脉峰《诗词之友》

弦歌邹鲁沐乡风，磨剑梁山气自雄。
赁得长安诗垦地，天涯芳草播葱茏。

## 题《吴勉诗千首》

老龙夜啸醒吴钩，义勇悲歌恨未休。
谁谱心声扬海韵，河山万里换阳秋！

## 题《林三伟诗稿》

江山惹梦复牵情，万卷书催万里行。
时代风流应有待，铜琶铁笛谱新声。

## 仿来诗集词调名成绝句二首回赠友人（二首）

### （一）

洞仙歌慢琐寒窗，白雪天香引国香。
孤馆深沉春去也，双红豆落倦寻芳。

（二）

绮罗香乱小重山，荷叶杯倾酹月寒。
相见欢犹折杨柳，巴渝辞醉玉栏干。

## 为深圳海丽小学诗化校园活动题句

弦歌如缕起南疆，改革潮来翰墨香。
诗入童心苗得雨，三千桃李出门墙。

2001年春

## 七绝·题《中华当代爱国诗词大观》

洞庭波涌古离骚，黄水悲歌砺战刀。
红烛情燃涅槃火，凤鸣华夏五星高。

2002年7月

## 贺诗人尽心新婚

仙侣同舟下彩蟾，关雎窈窕在人间。
浣花笺纸风云色，好谱青春壮丽篇。

2001年春

## 为延庆杏花节诗词大赛题句

东君自古爱薄寒，梦逐芳菲北出关。
装点妫川香雪海，诗人烂醉杏花天。

## 题易先知《翠竹楼诗词选》

虚心劲节系诗魂，碧翠浮天不染尘。
一脉灵犀凌雪冷，清风常伴岁寒吟。

## 题《当代诗人咏镇江》

多景楼栏画境长，词雄北固韵苍凉。
风骚代有才人出，铁笛铜琶唱镇江。

2002年8月5日

# 酬答题跋(二)

## 七律·赠蒙族女诗人萨仁图娅

谁挽冰绡下广寒，大千莹澈夜阑珊。
织成诗梦温穹帐，酿就春晖绿草原。
桂影婆娑词客醉，琴声摇曳牧人眠。
灵犀一点凉如水，化作荷珠伴月圆。

## 依韵和李曙初同志兼贺《刘章诗选》出版（二首）

### （一）

诗酒君山会未忘，火红七月读华章。
洞庭流韵荷珠润，楚历遗风蕙草香。
党性淬钢纯净碧，丹忱砺剑扫污黄。
管他世局风云变，国际悲歌日月长。

### （二）

石市论诗自不忘，联翩更喜赏佳章。
清波素濯芙蓉色，彩墨长凝沃土香。
情系黎元师白傅，心忧天下系炎黄。
刘郎未老凌云笔，燕赵豪吟韵更长。

## 附原作：读《刘章诗选》

### 湖南岳阳李曙初

触我诗思总未忘，国魂乡梦系刘章。
天真不带胭脂色，地僻犹闻草木香。
邪气哪能遮日月，正声终可动炎黄。
亲身体验承传统，镂玉铭心两情长。

### 答李曙初兄·刘章

饮酒岳阳口尚香，又蒙诗教赐华章。
屈平离赋国魂远，陶潜旧词乡梦长；
君有正声追李杜，我吟新韵继炎黄。
经骚传统终难废，万古洪流扬子江。

## 贺新安江诗会召开兼赠杭州诸诗友（二首）

### （一）

江山开画境，华夏展新姿。
寄语雕龙手，人间要好诗。

### （二）

新安江水秀，天目山势雄。
一代风流子，放歌继艾青！

## 为赵剑华诗集题句

易水潇潇紫塞雄，狼牙浩气砺刀弓。
燕台代有才人出，慷慨悲歌继国风。

## 祝保定诗词学会成立

野火春风白雪丹，雁翎鸣镝靖狼烟。
太行浩气莲池月，待谱新翻世纪篇。

## 霍松林创作六十周年志庆

慷慨唐音起陇东，救亡歌哭战刀红。
劫波未老诗人笔，更领风骚唱大同。

## 祝郭小川诗会在丰宁召开步韵奉和刘征同志

催春鼓角壮东风，屈杜吟怀战士情。
绝笔秋歌腾火凤，人间天上正诗声。

## 明湖诗社十年社庆题句

铁笛铜琶咽洞箫，易安凄恻稼轩豪。
明湖洗笔邀词客，时代风流弄海潮。

## 读《现代诗报》赠梁锦同志

风骚传国几千年，流韵环球系禹天。
粤海飞虹通域外，诗人兴会更无前！

1992年4月北京

## 北京诗词学会十周年志庆

紫塞雄关猛士豪，卢沟晓月醒弓刀。
幽燕自古悲歌地，一代风骚起大潮。

## 中华诗词学会十五周年献诗

龙马腾天国步骄，三唐流韵五星高。
妙年豆蔻花催雨，崛起风骚跨海潮。

## 《第三次全国田园诗大赛获奖作品集》读后（三首）

### （一）

稻花一路扑车船，别墅农家出柳烟。
陶令梦回迷望眼，田园无处不桃源。

### （二）

羊群牧笛白云天，钢铁奏鸣水调鲜。
乡土诗开新世界，大风歌起唱田园。

（三）

油碧铁牛播绿阡，盘山大道接城垣。
红旗车队扶贫去，锣鼓威风庆富年。

1998年4月17日北京

## 题魏义友编《铁道诗选》（四首）

（一）

詹天佑出破天荒，人字诗碑矗塞墙。
缩地传奇歌未尽，铁车鸣笛辟康庄！

（二）

战罢弓刀试镢头，青春筑路自风流。
相思莫叹天涯远，梦逐雷车会九州。

（三）

人去诗留细搜求，钩沉辑佚几春秋。
书成历历丹忱见，风雅千家铁韵流。

（四）

悲歌慷慨上遥空，情系山程水驿雄。
铁路史开诗世界，轮机交响壮东风！

## 赠泉城诗友李善阶

垂杨泉水漫吟哦，信是明湖雅士多。
梦绕齐烟青未了，乡情脉脉化弦歌。

## 七绝为七夕红豆相思节诗词大赛题句

碧海青天月影迟，鹊桥无计渡相思。
三生石上悲欢泪，化作爱河红豆辞。

## 祝王建中将军九十华诞

抗倭驱蒋大刀横，碧血关山梦自雄。
战火青春诗不老，军魂长绿水流东。

## 赠民族歌唱艺术家戴学忱同志（三首）

（一）

领巾似火系芳辰，碧绿童音出校门。
从此卫滨歌舞地，嫩荷出水一枝新。

（二）

踏歌百族采心声，万水千山韵里情。
一曲关东二人转，闪光金奖动俄京。

（三）

牧笛山歌化雅腔，《瞧情郎》调绽泥香。
传神不借重译笔，一曲绕梁传五洋！

## 祝承德诗友白鹤龄兄嫂金婚之禧

三生石上结同心，风雨相将劫后身。
岁到金婚人未老，情笃依然燕尔新。

## 题傅实编《盛世盛典》

雄鸡唱晓醒山河，半纪风雷拓路歌。
誓等温寒人倚剑，东天一柱仰嵯峨。

## 题《惠来诗选》

蓬岛烟霞蜃景开，神泉自古润灵台。
春潮流韵花飞雨，崛起风骚抒壮怀。

## 祝陈文增荣获瓷诗书三联艺术世界吉尼斯之最

谁踏青天割素云，丹炉幻化玉缤纷。
曲阳人献连城璧，粉定重光绝艺新。

## 为藺氏澄泥砚题句

炼玉熔金冶紫虹，澄泥化砚起雕龙。
藺家再铸莹莹璧，解道人工胜鬼工。

# 为孔繁文《战士诗集》题句

悲歌燕赵逐红星，汗马关河万里程。
烽火青春人未老，诗情依旧唱军声！

下编

## 黄山杂吟·步韵奉和周笃文《黄山谣》（六首）

（一）

车过江南绿扑衣，稻香水媚识屯溪。
醉人最是萧萧竹，牵我诗情碧落飞。

（二）

白发何妨老更狂，攀云杖屦气昂扬。
诗仙挺立天都顶，一唱红莲灿八方。

（三）

千峰灵岫竞生云，蓬岛烟霞旧梦新。
十二栏干桂香冷，洞箫何处觅芳魂。

（四）

太平湖曳数青峰，倒立云岩水墨浓。
莫道秋来花事了，扶桑千树映山红。

（五）

朝辞巫峡暮行云，龙跃黄山甲灿银。
万里东风雷闪动，清平世界降甘霖。

（六）

登临人在画中行，迎客松青敞玉屏。
天外黄梅传绝调，万峰沉醉紫烟横。

2005年9月于黄山金秋笔会

## 丙戌试笔

换得新桃醒早梅，二郎荷戟哮天回。
官仓猎尽狐鼦迹，十亿神州碰玉杯。

# 城南即兴（四首）

（一）

采风初到庞各庄，十里梨园小徜徉。
走马看花方半日，归来诗梦尚留香。

（二）

玉骨冰魂格自高，羽衣缟袂乱琼瑶。
传神自有天工笔，一点胭脂也不描。

（三）

历尽干戈遍体伤，皇封到树半枯黄。
千年识得东风面，万顷梨花醉小康。

（四）

冷香醉客嫩寒轻，春雨如歌漫大兴。
瓜果连棚鲜四季，南风吹绿到京城。

2005年4月于京郊大兴

## 赠白洋淀农民画家赵顺义先生

渔歌流韵碧荷幽，心画心声气自遒。
独得三分燕赵气，农家椽笔足风流。

## 湖湘杂吟（五首）

### 衡阳诗会感赋

诗家倾国下湖南，衡岳峥嵘仰楚贤。
盛世风骚邀屈子，古今豪唱大同天。

### 听王亚平教授骚魂新论

缪斯宣敕到瑶台，楚厉毛狂吟啸回。
石裂云颓歌未竟，莲峰七二訇然开。

### 宿南湖宾馆

洞庭秋水月沉烟，桂子飘香落榻前。
一夜湖波清客梦，不知世外有桃源。

## 洞庭湖望月

采风重上岳阳楼，雾锁君山半面羞。
霹荔女萝山鬼渺，湖天双月伴中秋。

## 览洞庭湖滨诗碑

谁磨湖石勒碑林，古韵新声上遏云。
我亦行吟临胜地，愧无佳句答诗神。

2007年9月29日

# 抗日小学生活杂忆

曾记当时年纪小，青纱帐里课堂栖。
千村传檄鸡毛信，万众挥戈铁血旗。
放哨争攀阔叶树，劳军合唱大刀辞。
儿童团友重逢日，一笑沧桑两鬓丝。

# 南行诗草（十一首）

## 南岳三星茶楼留题

围城山色绿交加，衡岳为邻静不哗。
一盏清茶香沁梦，三星留客不思家。

## 赠南岳完小读诗班

白楼红巾碧无涯，梦入韶山挽早霞。
九畹新兰添楚韵，一园桃李绽诗花。

## 初登衡山遇雨

春雨姗姗绿涨峰，轻纱吻梦半朦胧。
开云亭出韩公杳，诗兴撩人上祝融。

## 雨中登芙蓉楼

边关豪唱识诗雄，何幸人天逆旅通。
吟罢芙楼寒雨句，采风更上夜郎东。

## 夜宿新晃宾馆

天雷未作雨蒙蒙，槛外河声枕上轻[1]。
万念尘劳杳然去，梦中得句觉空灵。

【注】

① 槛外可见天雷山高耸入云。

## 赠新晃县委宣传部长张远松同志

夜郎古国说春秋，水媚山灵画境幽。
百族同天肩半壁，政清人雅自风流。

## 过芷江受降城

凯旋门耸国威扬，膏药军旗落芷江。
正告东条崇拜者，战车复辙记投降。

## 题《王绶青诗选》

商略黄河听命初，云龙啸月绿平芜。
愚公浩气王郎笔，绘出红旗理水图。

## 谒比干庙[1]

朝歌惨淡忆封神，白发来寻烈士坟。
墓表欣留尼父刻，勒铭每见魏唐文。
钟情三叶伤心草，根系寰球处士林。
取义成仁风骨在，冲天浩气仰诤臣。

【注】

① 比干庙在河南卫辉市境内，比干子坚，被周武王赐姓林，比干成为林氏始祖。

## 登云梦山鬼谷子讲学处

兵家韬略细追寻，云梦山高鬼谷深[1]。
列国争雄无义战，生民涂炭积血痕。
运筹决胜铺丝路，合纵连横为睦邻。
域外弹烟时起落，昆仑倚剑醒军魂。

【注】

① 云梦山在河南淇县境内。

## 重到云台山[1]

十二年前采诗地，风骚际会我重来。
画楼迎客翻新貌，山路旋车上险崖。
雾卷千重童话梦，峡开一线老天街。
登临最是惊心处，高瀑云埋万壑雷。

【注】

① 云台山在河南焦作市境内。

## 内蒙古纪行（五首）

### 听巴图讲蒙古史

蒙女窈窕奶酪香，主人穹帐说家长。
传神画出天骄勇，四座倾情慨且慷。

### 乌兰察布市采风

国运中兴禹画天，乌兰察布结诗缘。
采风最是牵情处，心醉歌山敕勒川。

### 题卓资县歌舞晚会

乌兰又睹牧骑骄，台转双星绿韵飘。
舞袖胡旋飞梦雨，雄风浩荡忆弓刀。

### 夜宿凉城

蛮汉山高岱海清，山庄消夏枕寒星。
温泉浴罢尘心爽，一梦悠然醉绿城。

### 岱海泛舟

紫寒龙沙气象雄，仙湖曳梦觅仙踪。
轻舟摇碎云天影，惊起鸣鸥没远空。

丁亥夏日

## 温州行吟（八首）

### 外滩漫步

桨声荡夜市声轻，灯影沉波万点星。
十里江风清俗念，采诗人醉瑞安城。

## 过瑞安玉海楼[①]

久闻朴学起温州，今日欣登玉海楼。
桃李已芳华夏土，孙家文脉足千秋。

【注】

① 玉海楼为晚清朴学家孙衣言、诒让父子建造之藏书楼。

## 参观安阳实验小学有感

半园草树绿昂扬，琅琅书声出课堂。
九畹芝兰春雨润，诗花一片向朝阳。

## 参观浙江雷牌机件有限公司

东风来好雨，创业喜登楼。
华夏龙腾日，雷鸣响五洲。

## 登仙岩山

藤萝曲径步嶙峋，绿洞天开画境新。
自清亭下观飞瀑，磅礴天书大写人。

### 夜游雁荡山灵峰

舞台暗转夜苍茫，桑海传奇梦正长。
离合悲欢情未了，菩提送客出仙乡。

### 洞头海滨品茶

隔海潮来叩洞头，四山红叶醉金秋。
苦茶漫品回甘味，依旧难消两岸愁！

### 望归亭抒感[①]

九转回肠年复年，一亭翘首向东南。
孤悬宝岛归宗日，半壁屏圆两笑颜。

【注】

① 望归亭在洞头岛附近半壁山上。

## 龙游吟（六首）

### 为龙游诗词笔会题句

绿染烟霞叠画栏，湖山妩媚小盘桓。
性灵雅集丹青笔，好写龙游亮丽天。

## 石窟漫想

凤山凿彻洞连营，尝胆卧薪同壮丁。
蓄锐十年齐亮剑，灭吴兴越史留名。

## 车过竹海

漫山遍野玉玲珑，绿梦浮天泻画屏。
爽籁如歌盈耳醉，采来竹韵入诗清。

## 重访古民居苑

迎客牌坊金匾横，翘檐栉比欲飞腾。
翰林故宅状元第，耕读传家竹帛青。

## 古城印象

凤山滴翠水长流，文物千秋烂漫收。
舞起南薰歌缓缓，小康风绿伴龙游。

## 衢江琴韵

雁醉云颓丝管清，高山流水谱清平。
闻君一曲琴箫语，绕梦千回也动情。

# 兴隆（三首）

## 宿花果山庄

燕山深处隔尘寰，幽绝轩开绿洞天。
一夜雾灵清客梦，不知世外有桃源。

## 过兴隆刘章诗词院

柴门小院倚山梁，百友风骚翰墨香。
一自刘郎歌故土，兴隆无处不诗乡。

## 过罗文峪口逢刘章诗碑揭幕

热土牵肠别亦难，鹃啼催去泪斑斑。
刘章丽句刘征笔，双绝罗文峪口传。

丁亥夏日

# 川游杂咏（九首）

## 车过剑关

电掣车驰入剑关，苍山如海铁轮穿。
高城广厦连天府，蜀道崎岖已等闲。

## 绵阳金秋诗词笔会题句

水媚山灵醉蜀乡，人天骚雅萃绵阳。
好凭李杜风云笔，挥洒和谐盛世章。

## 古城秋晓

倚山秋树露凝青，晨步曦微趁晓情。
太极剑随琴曲舞，朝阳崛起古州城。

## 车过绵阳三江大坝

富乐山高叠嶂雄，葱茏万木绿纵横。
层楼柳岸三江水，倒映绵城海蜃中。

## 九寨沟红叶

谁挥椽笔画苍穹，醉墨淋漓泼碧空。
疑是长征遗火种，燎原一炬万山红。

## 五彩湖

诗情曳梦入仙乡，幽绝溪泉蜀一方。
天籁铮铮听未尽，湖底花开宝石光。

## 原始森林

石径弯旋步杳冥，松杉郁郁云外青。
万仞高寒拾级上，绿洞天开见碧诚。

## 松潘长征纪念碑

一碑凛凛矗松潘，回首长征七二年。
留得红军豪气在，龙腾阿坝换新天。

## 都江堰谒李冰塑像

理水导流秋复冬，都江堰铸天府丰。
浪陶墨吏沙流去，百姓至今怀李冰。

2007年10月23日

# 福建紫金矿业采风（五首）

## （一）

车过当年闽赣边，春风夹道绿缠绵。
红旗跃上汀江处，崛起黄金第一山。

## （二）

古田旗拥上杭春，歌起南薰世纪新。
绿雨缤纷山悄悄，梦回矿石泻泥金。

## （三）

紫石岩深隔重门，上杭雄杰尽知音。
一朝电子灵犀度，惊起金铜睡美人。

## （四）

血沃上杭酬壮志，运筹帷幄历艰辛。
中华矿业腾飞日，寰海风流仰紫金。

## （五）

云缠雾绕雨绵绵，两度回车觌面难。
为报诗人惊艳梦，回眸一笑见芳颜。

# 步韵奉和刘征《元宵漫感》（二首）

## （一）

火树银花渐悄然，上元难解是愁颜。
山民月冷炊难举，工仔乡思梦未安。
霰雪纵横可堪地，温寒颠倒奈何天。
江南自古三冬绿，争忍冰封万里寒。

## （二）

抗灾人奋三军勇，大义神州续胜缘。
移却冰山抒浩气，唤回绿韵入鲲弦。
舟车驰骋通寰宇，杯酒歌呼庆有年。
噩梦方醒回首处，红梅绽笑又春天。

# 戊子望岁

戊子梅开报捷音，东南怒剑逼妖氛。
好凭两岸风雷气，共铸中华盛世春。

## 步韵奉和周笃文《玉老九秩椿寿》

红学开宗一派流，云笺笔阵放青牛。
灵犀莹彻通芹圃，风骨嶙峋蕴刚柔。
倚剑悲歌忧国是，雕龙图史等身修。
年方九十君犹健，待续鸿篇更上楼。

## 步《七六》原韵答沈鹏诗兄

橐笔京华年复年，斫轮游刃自空前。
童心喜伴仁心长，信念不随尘念迁。
行草如歌关世运，性灵酿梦画新天。
江山代有才人出，浪漫诗书一派传。

## 赞皇十里杏花沟留题（五首）

### （一）

碧玉谁家月影窗？出墙半面乱春光。
素娥不耐深闺冷，舞破愁云十里香。

(二)

酒罢西池降穆王，蓬峦仙杖舞霓裳。
赞皇遗梦如烟渺，万树娇红撒冷香。

(三)

春寒料峭闹芳枝，红杏尚书留句奇。
素魄霞裳烟月远，牵情惹梦好题诗。

(四)

辞却上林还故乡，荒山大野播清香。
百花过尽春归去，万树垂金富小康。

(五)

露沁晨曦过太行，棋盘山下小徜徉。
采风梦湿杏花雨，归去吟诗句也香。

2008年3月26日北京

# 白山诗草（十二首）

## 蓝景花园别墅

白桦围蓝景，红楼绿洞天。
清凉消客梦，何必问桃源。

## 白山道上

百花未尽绿阴浓，草卉金黄灿紫红。
傍路蜂群歌断续，白山流蜜醉秋风。

## 雨中天池（三首）

### （一）

伞花摇曳雨苍茫，万众凝眸水一方。
梦幻阴晴离合处，天池顿现宝蓝光。

### （二）

告别天池雨未停，铿锵绿韵伴车行。
催诗最是天孙巧，为织辉煌七彩虹。

（三）

翰墨偕行伴采风，清凉八月属关东。
天池宝石蓝如画，回首白山挂玉弓。

## 附：对联天池

天泉水冷蔘仙舞，长白峰幽月姊歌。

### 白山观瀑（二首）

（一）

碧虚飘渺水潺潺，绿梦深锁不记年。
石破天惊倾雪瀑，情钟北国润桑田。

（二）

长白曾经采诗地，风骚雅集我重来。
相逢最是惊心处，高瀑云埋万壑雷。

## 白山交通宾馆

山青水媚拥楼台，窗外丹青迤逦开。
鸭绿江声敲客梦，军歌悲壮扑诗怀。

## 大峡谷

混沌何来日月星？雷翻深峡恐龙腾。
浮雕百态交相语，鬼斧天工见性灵。

## 绿渊潭

山光云影曳漪涟，白桦林深水底天。
一览晶莹真玉色，正名宜是碧渊潭。

## 白山十五道沟

此沟标十五，披绿上高寒。
栈道迷诗境，危崖叠画栏。
有云皆出岫，无石不流泉。
清气消尘累，飘然似散仙。

## 过集安

幽绝辽东古集安，武功文采史斑斓。
丸都山下丸都水，画出江南绿梦天。

## 抗震（二首）

### （一）

一劫无情袭四川，山崩地裂咒苍天。
城倾乡镇炊烟渺，道阻河梁蜀道瘫。
花季书声埋野草，小康晨曲咽冰弦。
人亡家破风兼雨，闻讯中枢夜不眠。

### （二）

胡温筹策到前沿，相挟春风抚汶川。
军警舟车通蜀道，帐篷粮药济伤残。
命悬一线全民挽，地裂千沟举国填。
四海炎黄齐抖擞，梦回天府笑开颜。

## 祭北川诗社遇难诗友

噩耗何堪剑割肠，北川忍泪葬诗殇。
骚魂列阵随屈子，相与歌呼砺蜀乡。

【注】
据报道，地震时，北川诗社的四十位诗人开会，全部遇难。

## 北京奥运即兴

珠峰圣火映天红，奥运村邻紫禁宫。
盘马弯弓芳草地，五环旗下竞谁雄！

## 呼伦贝尔纪行（七首）

### 成吉思汗广场

万里胡天洗白云，草原晨曲绿如茵。
战烟荡尽雄风在，铁马雕弓壮国魂。

### 呼伦贝尔夜景

伊敏河开宝石林，银花火树玉缤纷。
采风踏碎瑶池夜，不尽诗情入梦深。

## 过莫尔道嘎林区

长林葱郁上摩天，白桦苍松列阵严。
一路浓阴清客骨，拾来绿梦入吟笺。

## 过莫日格勒河

丝雨铺茵绿缠绵，羊肥牛壮步悠闲。
一河波映穹庐月，九转回肠恋草原。

## 参观北山要赛遗址

弹洞残碉迹已陈，红旗曾此靖妖氛。
砺兵须亮倚天剑，待扫东条未死魂。

## 室韦村邂逅山东老乡[①]

友谊桥头室韦村，三千里外遇乡亲。
方言未尽登车去，回手依依倚马人。

【注】

① 老乡为第三代汉俄后裔，牧马为生。

## 夜宿满州里宾馆

青山绿水空灵画，穹帐高城浪漫诗。
明月清风凉浸簟，边关一夜似仙居。

2008年6月20-25日

## 桃源仙谷采风（四首）

### 夜宿桃源仙谷山庄

溪唱松涛合，楼栖绿绮天。
蛩音催客梦，一夜醉桃源。

### 游桃源仙谷

采风燕北试登攀，幽谷迎人别有天。
栗枣垂枝珠错落，涧溪漱石水潺湲。
奇峰百态飘云梦，叠嶂千寻泻瀑泉。
清景净无香火染，湖山如画胜仙源。

### 登观峰台

塞上秋山绿映红，桃源迤逦赏葱茏。
大呼雷啸银河泻，诗兴撩人在险峰。

## 桃源归来

碧城深锁几何年，仙谷梦回谁是仙？
游侣休闲追美景，桃源山水属人间。

2008年9月25日

# 平谷采风（八首）

## 金海泛舟

百花过尽绿斑斓，金海湖平好放船。
画意诗情来笔底，采风人醉大桃源。

## 仰拾身崖

拼倭何惜此身捐，燕逍悲歌声震天。
壮士凭高崖上立，雄风浩荡护湖山。

## 湖洞水韵

湖波掩映几重山，碧落云开一线天。
神女梦回仙阙渺，琵琶指冷谱思凡。

2009年5月18日

## 游玻璃台

路转峰回万仞山，琉璃台下小盘桓。
鸟鸣溪唱农家院，客梦悠悠似散仙。

## 过将军关

铁壁铜墙壘几回，朱明王气黯然灰。
残砖断戟参禅悟，心铸长城不可摧。

## 谒鱼子山惨案纪念碑

血沃冀东人亮剑，仇凝平谷石嵯峨。
而今万顷桃花阵，子夜犹闻义勇歌。

## 仙桃寻梦

紫府程遥梦里寻，嫣红花染火烧云。
西池宴罢遗仙果，化作蟠桃万顷林。

## 溶洞遐思

一洞天开梦画春，琉璃世界玉缤纷。
鱼龙百戏人间世，妙笔生花难写真。

# 梦游桃花海（四首）

（一）

平谷韶光爱早春，碧桃争树播芳馨。
花乡花镇花山水，花雨缤纷湿梦痕。

（二）

十二栏杆绝世埃，梦回三月傍妆台。
东风一夜胭脂雨，皓齿明眸笑靥开。

（三）

三千粉黛下天门，人面桃花处处村。
绛雪裙翻云锦乱，渔阳舞破盛唐音。

（四）

围城冲出自由身，桃海清游洗俗尘。
一曲霓裳红碧落，牵情惹梦足销魂。

2009年5月30日北京

# 重过五台山抒感（五首）

## （一）

飞檐斗拱逼云端，魏晋文明足壮观。
佛国由来清净地，当惊香火污庄严。

## （二）

我心即佛色相空，五欲轻抛顺水东。
万道禅关一刹悟，美人如玉剑如虹。

## （三）

素袂飘风手把莲，慈眉含笑对人寰。
回眸欲问行香客，侬被烟薰谁敛钱。

## （四）

有求必应匾纵横，怆地呼天谁个应！
移却三山人挺立，清平盛世赖苍生。

（五）

昙誓人天度有情，风骚梵贝洗心灵。
儒禅道派同悲悯，世界和谐见太平。

2009年仲夏

## 杭州杂吟（四首）

### 西湖即兴

浮生难得十日闲，又到西湖放画船。
白傅相携苏学士，柳堤迎客续诗缘。

### 断桥漫步

澄澈湖波滴翠山，断桥难断有情天。
人仙一段风流梦，田笔梅腔爆剧坛。

### 灵隐路上

飞来峰接北高峰，山色湖光一抹青。
九曲八弯灵隐路，采风人在画中行。

## 赠杭州创作之家

山环水绕树横斜，小院幽香未见花。
借取西邻灵隐趣，孟庄楼上写烟霞。

# 读诗杂兴

## 读诗有感

酷评解构闹纷纷，不废江河万里奔。
时代风流歌大雅，鲁毛并世两昆仑。

## 重读贺敬之《雷锋之歌》

奴隶翻身铲不平，东风万里太阳升。
雷锋雄唱惊天地，壮丽人生谱正声。

## 读马凯《诗词存稿》

倚剑昆仑播绿风，尧天十亿起豪雄。
悲歌唤出经纶手，指点江山入大同。

## 李栋恒将军诗词读后

万家忧乐系丹忱，铁马秋风砺剑魂。
甲帐运筹余雅兴，将军本色是诗人。

## 唐双宁诗书集读后

淋漓狂草悟长征，悲撼人寰挽巨星。
大爱弥天风骨健，诗书浪漫识双宁。

## 丁亥试笔

高城广厦起嵯峨，遍地英雄奋夯歌。
糊口工钱讨还欠，红旗滴泪柰谁何！

## 题郑玉伟《北大荒诗草》

旧梦依稀垦北荒，红星汗雨绿沧桑。
边疆染透青春色，岁月如歌铁韵长。

## 贺诗人王儒八十大寿

悲歌燕赵请长缨，铁马关山记战程。
解甲归来情不老，好凭彩笔谱军声。

## 石浅诗书册题句

谁挥彩笔起胡旋，云影涛声纸上翻。
悟得诗书风骨气，闺中始信有苏髯。

## 读朱坤岭将军《砺剑人生》

大河九曲势流东，砺剑人生火样红。
换却戎装豪气在，浩歌依旧唱军风。

## 丙戌青春诗会题句

中华崛起喜腾龙，况值青春火样红。
时代风流应有待，放歌豪唱大江东。

## 重读《钱世明诗词选》

诗家自古重痴情，难得狂狷见性灵。
多少画眉图史女，钱郎笔下笑眸横。

## 孙轶青诗翁八五华诞志庆（二首）

（一）

战士何须叹逝川，此身早许大同天。
年方八五豪情在，管领风骚创纪元。

（二）

叱咤烽烟冀鲁边，心碑无字遍沧南。
归来未老雕龙手，诗笔风流写大千！

## 杨晓鲁油画展即兴

中西绘事自缘情，逸笔纵横见性灵。
画境有诗工感慨，人生悟语识丹青。

## 题陶然亭诗人笔会

又是南城翰墨缘，湖亭迎客绿缠绵。
七彩云开来屈子，风骚流韵唱新天。

## 香山诗社二十周年

双清遗响续诗缘，浪漫新声启后贤。
盛世强音催铁韵，南薰唱彻蓟门天。

## 朝阳诗书画院二十周年

朝阳门外绿斑斓，唤醒风骚二十年。
盛世清平才俊出，淋漓诗笔绘新篇。

## 龙岩海峡两岸诗人笔会

隔海相思月一轮，风骚如缕系唐音。
中华崛起龙腾日，两岸诗倾赤子心。

## 读郑板桥诗

风骚绘事系苍生，谁恃金汤忽太平？
竹叶萧萧盈耳过，好凭天籁察民情！

## 《韩雪诗词》题句

少年壮志逐红星，怒向三山铲不平。
改革潮来桑海绿，放歌犹唱晚霞明。

## 房山谒贾岛墓

太瘦生怜贾岛身，房山古墓拜诗魂。
文章知是千秋事，一字推敲贵出新。

## 温岭诗赛题句

采风梦逐浙东南，百硐藏幽别有天。
曲水流觞今胜昔，九州诗雨绿方山。

## 题《刘庆霖诗词集》

灵思绮丽幻耶真？倚剑边关战士心。
掌上春光挥洒处，江山如画识军魂。

## 祝林锋诗词出版

梦幻江南蕴性灵，杏坛词苑两钟情。
兰亭笺纸风云色，健笔纵横谱正声。

## 龙溪诗社二十周年

洞歌楚韵夜郎天，一脉风骚潕水传。
百族骈阗今胜昔，新声唱彻月儿圆。

## 题《历山诗刊》

三百五篇歌且谣，易安凄婉稼轩豪。
克家立派传三友，齐鲁诗风泰岱高。

【注】

臧克家老人创“三友诗派”，新、旧体兼擅。刘征、程光锐尚活跃于当代诗坛。

## 步韵和孙轶青《庆祝中华诗词学会二十周年》

华盖掀翻二十年，吟旗指处百花鲜。
别裁风雅倡新美，诗韵重光禹画天。

## 《中华诗词》百期纪念

改革潮来二十年，风骚重见盛唐天。
廉纤春雨催花季，一代诗开新纪元。

## 赵朴初百年诞辰纪念（二首）

（一）

佛言劫火遇皆删，刺霸驱邪一剑寒。
大爱无垠昭彼岸，清平世界碧城天。

（二）

居士情怀国士心，莲台诗境两嶙峋。
沧桑不朽春秋笔，片石犹歌禹甸魂[①]。

【注】

① 赵朴初有《片石集》传世。

## 为董澍《天风行》题句

西望昆仑一剑雄，迸雷掣电火嘶风。
红旗如画关山远，汗血腾云好化龙。

## 题李鸿楷《旅窗吟草》

新楼雨巷绿江天，大漠秋高紫塞寒。
水驿山程千万里，风骚流韵壮吟篇。

## 题卢玮《谷月集》

龙马腾天国步骄，三唐流韵五星高。
妙年豆蔻花催雨，崛起风骚跨海潮。

## 为杨居汉诗集题句

万卷诗书万里行，人天风物足移情。
如烟往事沧桑梦，生命留痕寓性灵。

## 邢台圣玛酒庄留题

轻车西北出城厢，禾菽迎秋入画廊。
十里紫珠香沁梦，采诗人醉酒仙乡。

## 卢玮《土城集》题句

谷月歌吟起土城，古今忧患系苍生。
几多乡国山河恋，意象流痕见性灵。

## 题田恒练《一剪东风》

江山如画待谁裁，梦笔生花带露开。
稻菽香凝书卷气，新声雅韵见高怀。

## 步杨逸明韵祝奇石馆主陈洪法《探海集》出版

一洞天开梦欲痴，娲皇引路漫游之。
珍奇百态通灵性，活色生香石化诗。

## 荒芒《诗说台湾》读后

何堪佳节倍思亲，潮去潮来望月轮。
盼得三通归一统，诗成恃史佐评论。

## 为秦中吟《攀登兰山》题句

铁马雕弓气自雄，清平乐奏起潜龙。
沧桑绿涌高原土，情满兰山唱大同。

## 为马一骏《运河流韵》题句

耕读家风热土情，童心系梦运河情。
悲歌冀鲁风云笔，好为人间写不平。

## 刘育新长篇小说《古街》读后

东琉璃厂几沧桑，文物斑斓韫古香。
风雅百年悲喜梦，传奇醒世间刘郎。

## 送女词人蔡淑萍返蜀（新声韵）①

风雅燕京献寸丹，峨眉山月客窗寒。
三十六卷芸编里，清韵长留蜀水弦。

【注】

① 蔡淑萍应中华诗词学会之聘任《中华诗词》副主编三年，于2006年初辞职返蜀。临别依依，诗以践行。

## 鸡年试笔

莫恃金汤忽太平，忍看西霸毁生灵。
宜将天怒消兵气，一唱雄鸡四宇清。

## 为《许来渠诗词选》题句[1]

天香国色久倾城，河洛风光助性灵。
百族骈阗催梦笔，诗书画印谱升平。

【注】

① 作者为洛阳书画家。

## 题杨世安书画展

浩荡红旗净战烟，凤凰浴火换新天。
山河壮丽龙腾日，醉墨淋漓写大千。

## 闻西北大边塞诗旗手、新旧体两栖浪漫主义诗人王亚平诗词集即将问世，诗以贺之。

倚剑天山播绿风，壮辞蝶梦雪花红。
屈平白也王郎笔，崛起骚魂一代雄。

## 为《宁国涛诗集》题句

大漠雕弓梦尚温，沧桑绿换草原春。
赤峰山水巴林石，妙笔生花不染尘。

## 读《空林子诗选》

意象联翩煮梦思，灵犀一点破禅机。
镜花水月空林子，生命留痕化作诗。

## 赵宝海《杯中山水》《云至堂集》读后

蒙太奇开景叠加，空灵意象笔生花。
杯中山水沧桑梦，活色生香又一家。

## 题王玉学《云影雁声集》

红旗陇上识英豪，乡国牵情歌且谣。
云影雁声诗境里，七分风雅二分骚。

## 祝北京诗词学会《竹枝词新唱》出版

禹画天高灿五星，风骚重振古燕京。
竹枝绿韵翻新调，雏凤清于老凤声。

## 为玉溪诗词笔会题句

玉溪诗梦久萦回，览胜寻芳上翠微。
水媚山青看不足，奚囊满载彩云归。

## 读《韩昌黎集》

讥王诋佛骨铮铮，浩气干云笔纵横。
吏部文章千载后，风雷犹激不平鸣。

## 梦与大法官诗人寓真畅想未来

十二栏干曲水旁，桃源携绿遍城乡。
霸权烟灭纷争杳，法剑销为日月光。

## 神七凯旋抒怀（二首）

### （一）

筋斗云颓欲逐难，神舟鸣镝绕宇寰。
月娥献舞胡旋醉，帝子吹箫竹韵寒。
猛士离舱弹箭出，英雄探险凯歌还。
太空最是销魂处，五星烂漫五洲天。

### （二）

奥运狂欢兴未阑，神舟三日返家园。
震灾更砺凌云志，蛟鼍何妨破浪船。
裁却昆仑分绿雨，商略青帝护农田。
和谐世界原非梦，四宇回眸禹画天。

10月1日

# 谒玉溪聂耳铜像

琴声啸夜醒山河，铁马秋风猛士多。
沧桑绿拥清平世，五星犹唱起来歌！

# 宿秀山熙苑宾馆

楼台掩映半峰峦，槛外云生绿岫烟。
枕畔秋虫吟断续，秀山一夜梦游仙。

# 北戴河（二首）

## （一）

碣石横秦岛，阆风吹客衫。
蝉鸣松籁绿，鸥戏蜃烟蓝。
桐荫铺坦道，潮声静市廛。
海滨消夏夜，谁复梦桃源。

（二）

翰墨诸天客，戴河家有缘。
围城邻里隔，观海水云宽。
杯酒沧桑梦，风骚爱恨篇。
夕阳无限好，珍重待来年。

2008年8月30日北戴河创作之家

## 陪刘征兄北海赏牡丹（三首）

（一）

三友诗声起蓟燕，景山酬唱年复年。
藏翁仙去程公老，健笔刘郎一派传。

（二）

青帝多情护晚春，牡丹斗艳酷京门。
好凭浪漫刘郎笔，更为花王写靓魂。

（三）

风骚美刺识沧桑，绿水青山惹梦长。
妙得三新裁古体，诗成活色自生香。

## 和园雅集步韵和郑伯农同志[①]

白石丹青大雅风，和园轩敞墨香浓。
抒怀唐韵翻新雨，放眼黄河起蛰龙。
瀛岛设坛招鬼魅，昆山磨剑砺豪雄。
卢沟桥下埋刀处，歌哭长听警世钟！

【注】

① 雅集有孙轶青、沈鹏、马凯、周笃文、郑伯农诸诗家。

## 步韵和柏扶疏《采风王莽岭》

梦游王莽岭，浩气扑天来。
亮剑怀英烈，移山赖众才。
太行芳树绕，汾水画廊开。
心醉桃源里，人天唱快哉！

## 定窑恢复三十周年志贺

千年人叹宋窑荒，妙手回天醒曲阳。
不尽相思五洲客，定瓷重睹玉琳琅。

## 武当山即兴

一剑横空说武当，采风访道到仙乡。
诗情天赐濛濛雨，观隐宫藏引梦长。

## 登临海古城

明季驱倭史慨慷，雄风犹撼古城墙。
阳光世纪新临海，虎跃龙腾下五洋。

## 过临海万亩桔园

青山掩映碧溪环，古井涌泉滋陌阡。
万亩桔林秋色里，斑斓七彩画中看。

## 北戴河创作之家留题

海女蹁跹舞袖斜，横窗月影绿交加。
观涛十日清诗梦，客舍情深胜似家。

## 祝新疆建设兵团诗词学会成立二十周年

铁马金戈梦尚雄，诗声稻浪共葱茏。
天山倚剑安边塞，百族骈阗舞绿风。

## 悼李曙初同志

少年壮志逐红星，昂首东方旭日升。
入梦湖山春雨绿，献身乡土政声清。
九歌吟唱怀屈子，四海风骚涌洞庭。
情满岳阳诗百卷，马翁旗下慰平生。

2008年9月13日

## 悼孙轶青老会长（四首）

### （一）

说砚谈诗气自雄，小斋长忆坐春风。
文章德望师兼友，问道人天有梦通。

### （二）

驱虏沧南慨而慷，归来翰墨灿文场。
鞠躬尽瘁宏诗道，振起风骚逼盛唐。

（三）

红星书剑荐轩辕，万里长征未下鞍。
人去道存风雅阵，浩歌美刺唱新天。

（四）

管他蚊噪与蝇嗡，不废江河鼓浪东。
铁板铜琶歌盛世，领军依旧大旗红。

## 挽杨子敏同志[1]

太行烽火放歌喉，壮岁甘为翰苑牛。
道德文章谁管得，红旗笑慰足千秋。

【注】

① 杨子敏生前曾任中国作协书记处书记，《诗刊》主编。

## 汶川地震周年祭

炎黄有泪不轻弹，慷慨悲歌济汶川。
大爱弥天驱噩梦，春回天府焕新颜。

## 国庆六十周年回眸

甲子轮回雷雨风，中华崛起五星红。
南巡寄语开新路，引领江山入大同。

## 零九北京金秋笔会题句

禹画天高气象雄，河图梦破正腾龙。
昆仑倚剑分春色，把酒高歌唱大风。

# 外编

# 白求恩组歌

## 向东方

亲爱的同志们！每当我们打开毛泽东同志的光辉著作《纪念白求恩》，一个高大的国际主义战士的形象就浮现在面前。我们仿佛看到，在那遥远的太平洋彼岸，白求恩同志告别了祖国和亲人，向着反法西斯战争的东方前线，开始了他的万里长征：

天苍苍，水茫茫，群魔乱舞夜未央。战士慷慨辞故国，飘洋过海向东方。　　向东方，迎朝阳，革命何惧征途长。反帝前哨春光好，风雨神州胜故乡。　　啊……战士心，向东方！

## 踏歌行

1928年春，白求恩来到延安。在会见了毛泽东同志的那个夜晚，他漫步延河岸头，心潮久久不能平静：

宝塔披晨星，延河水淙淙。杨柳依依拂人面，春风荡漾幸福情。回首枣园灯犹亮，遥看北斗照眼明。白衣战士夜不寐，延河岸头踏歌行。　　昨夜握巨手，暖流壮心胸。踏遍天涯人未老，愿为革命献终生。恨不此身化千医，护卫健儿杀敌兵。人类解放我解放，长夜破晓东方红。

## 上前方

骄阳似火。白求恩率领一支医疗队，跃马扬鞭，驰骋在晋察冀边区的万山丛中：

马蹄声碎征尘扬，别延安，上前方。黄河飞渡，铁骑向太行。手术刀锋战火淬，沐风雨，历沧桑。　　战地黄花分外香。鬓添霜，又何妨！叱咤风云，豪气满胸膛，笑指沙场挥长剑，扫日寇，灭豺狼。

## 烽火古庙

这是一座古庙。周围，鏖战正酣。白求恩大夫沉着地为伤员做着手术：

战马嘶，枪林逼，硝烟漫，杀声急。地动山摇墙欲裂，弹雨横飞人横眉。快刀无声摘创痛，神术有情解伤危。烽火古庙春风暖，手术台上凯歌飞。战士流血不流泪，今日个个泪沾衣！

## 夜读

深夜。白求恩守着一盏豆油灯，聚精会神地阅读毛泽东同志的《论持久战》：

灯下读宝书，心头红浪涌。眼底一片光华闪，耳畔万里风雷声，人民战争，百战百胜，奴隶翻身大道通。　　雄关万千重，前途更光明。雪山崩裂冰崖倒，战火装点五洲红。松涛相和心声唱，光荣归于毛泽东！

## 春风桃李

桃李满天下，园丁笑开颜。白求恩亲手培养的一队白衣战士，又要开赴前线了：

心血浇灌催绿秧。新松壮，郁苍苍。一代红医，斗志正昂扬。为报园丁辛勤意——手术刀，试锋芒。　　春风桃李满太行。背药箱，整行装。救死扶伤，争向枪林闯。抗日胜利重聚首，遍天下，碧草芳。

## 敌人奈我何

经过细心地观察、研究，白求恩改装了山区的驴驮装置，为战地医院的转移，提供了方便：

铁蹄过，铁壁合，鬼子“扫荡”布网罗，枪声漫山坡。　　马一驮，驴一驮，千山万壑任颠簸，医院稳稳挪。　　青山隔，青帐遮，处处病房铜墙锁，敌人奈我何！

## 缝衣曲

北方山村的一个风雪之夜，操劳了一天的白求恩，又在为伤员缝补那弹洞斑斑的军衣：

窗外风雪紧，病房夜深沉。白发老人灯影下，洗罢血衣补弹痕。　　一线线，一针针，针线相连红透的心。忽闻一角杀声频——伤员梦已深。

## 神医谣

在异常紧张的战地抢救中，白求恩不辞辛劳，经常挤出时间为根据地的群众送药治病：

太行山上红云开，神医骑马下山来。红十字药箱身上背，金发童颜好风采。　　灵丹妙药有神效，起死回生送春来。风里雨里常见面，专为咱穷人除病灾。　　聋哑人开口说了话，盲人睁眼笑颜开。救活了难产的李二嫂，胖小子也平安活下来。　　不收谢礼也不用酒饭，喝口白水就回山崖。老乡们问他名和姓，〔夹白〕那位老大夫笑笑说：我叫八路军——毛主席派我下山来！

## 输血

为了抢救一个重伤员，加拿大人民的优秀儿子诺尔曼·白求恩的300毫升鲜血，流进了中国战士的血管里……

袒袖襟，手臂伸，献血浆，救亲人。生不同族血同热，话不同语歌同音。莫道乡关隔万里，天下红旗一家亲。血沃友谊花千树，飞红吐绿代代春。太行、落基遥相望，巍巍丰碑上青云。

## 鞠躬尽瘁

在一次手术中，白求恩不幸感染了在当时医疗条件下不能救治的败血症。他不顾同志们强忍着眼泪的劝阻，仍旧战斗在手术台旁：

病垂危，人瘦绝。傲骨挺，硬似铁。拼将生命一分热，留赠人间化冰雪。几番昏迷犹苏醒，手术台上未稍歇。战地抢救重寄语，殷勤珍惜将士血。鞠躬尽瘁已忘我，红心闪，照日月。

## 悲歌

1939年11月12日凌晨5时20分，伟大的国际共产主义战士白求恩，为了世界反法西斯战争的胜利，战斗到最后一息，逝世于河北省唐县黄石口村：

雪皑皑，风猎猎，黄河泪凝浪涛咽。国际悲歌歌一曲，忠魂起舞长空月。　　狂飙骤，春秋迫，五洲变幻风云色。铁锤锻造雷火洗，春满寰球慰英烈！

## 赞歌

为了悼念白求恩同志，我们的伟大领袖毛主席发表了他的光辉著作《纪念白求恩》，号召我们学习白求恩同志的国际主义精神和共产主义精神：

飘洋跨海寄行踪，梅老却向太行红。
妙手回春忘国界，丹心直面对刀丛。
五洲冷暖分秋色，百族升平系大同。
奴隶起来歌动地，泰山倚剑仰高风！

1968年3月初稿
1977年10月修改

附记：此篇朗诵词为苏抒扬撰写，发表时作了删节。

# 说唱诗

# 银环探监

夜雾茫茫黎明前，
中华战火遍地燃。
汪精卫卖国投降认贼作父，
祖国山河半壁残；
共产党领导人民浴血抗战，
红旗高举，重整河山。
为粉碎日寇“五一”大扫荡，
杨晓冬地下作战，打进了保定城关。
易水河畔住着年迈的杨母，
那位老人家，她是——
为抗日、为祖国，
冒风雪，
历严寒，
入虎穴，
闯龙潭，
不辞劳苦、不避艰险，
城里城外，跋山涉水，把抗日情报传！

娘儿俩一片丹心为祖国，
并肩战斗在敌人的心脏间。
不料想叛徒告密遭暗算，
母亲被捕入牢监。
为口供，特务汉奸把心机用尽，
逼杨母供出地下同志的名单。

任敌人百般威胁、严刑拷打，
老人家坚贞不屈心比铁石坚。
这一天轰隆隆的沉雷震天响，
哗啦啦大雨倾盆，覆地翻天，
冷飕飕，风透铁窗寒刺骨，
悲切切，难友呻吟声声惨！
老杨母几番昏迷又苏醒，
望窗外——
电闪雷鸣，
风狂雨骤，
心潮好似滚浪翻！
说："劈雷要有知，快炸开这座死囚牢；
狂风要有力，快送我到晓冬的身边，
好告诉同志们内部出了奸细，
也免得工作被破坏，同志们被摧残。
这几天内外线的联系怕已中断，
有何人替地下同志把情报传？"
老人家惦念工作，心如火燃，
恨不得肋生双翼飞出牢监。
"哗啦啦"忽听牢门一声响，
两道铁门落了闩，
恍惚惚有个少女飘然而进，
匆忙忙看守退出又把铁门关，
阴森森的牢房好似黑漆漆的夜，
透铁窗电光一闪才看清了来人的容颜。
这个人常和杨母接头交换信件，

她就是儿子的好战友——
那位聪明机智、
天真美丽、
诚实可亲、
招杨母喜欢的姑娘小银环。
“天哪！她怎么也进了这座监！”
疑同志落难，伤心的老人挣扎着站起，
晃悠悠伤躯难支，又斜倒在墙边。
这时候定了神的银环也看清了杨母，
见老人削瘦的身躯刑伤斑斑。
白发萧萧覆盖着满脸创痕，
点点血迹殷透破碎的衣衫。
这姑娘生来心热面软，
见亲人惨遭折磨心如刀剜。
她紧走几步叫了声：“大娘！”扑向杨母，
伤心泪点滴滴洒满老人的胸前。
哽咽半晌说：“大娘，委屈您了！”
杨母坚定地说：“为抗日坐牢有何委屈可言，
我问你：莫非也是被叛徒出卖，
我那晓冬儿，他他他……他也落入敌人的虎狼关？”
言至此声音颤抖颜色变，
老人的心此刻好似乱箭穿。
姑娘摇头忙说：“大娘不必惊怕，
晓冬和同志们全都安全。
到根据地送信已有人接替，
我特来看大娘，请老人家把心放宽。”

杨母听说同志们安全，也有人把信送，
她那血斑斑的老脸上又把笑容添。
展衣袖擦了擦银环的眼泪，说："姑娘快走吧！
被敌人发现，插翅也难出这座鬼门关！"
银环说："值班的看守是自己的同志，
您有什么嘱托，尽可对我谈。"
杨母低声说："银环呀，快回去向组织报告：
叛徒就出在咱们的身边。
逮捕我的特务是孔梦华带领，
你们要尽快除掉这个叛徒汉奸。
敌人逼我供出同志，他们痴心妄想，
宁可牺牲，绝不泄密求苟安。
告诉冬儿革命到底，
报国仇雪家恨我死也心甘！"
银环说："大娘，您暂且耐心等待，
我马上找晓冬同志设法救援。
到城外请来双枪梁队长，
杀叛徒劫牢反狱就在三两天！"
着急的银环返身就要走，
老杨母跌跌晃晃赶上前，又拉回了银环，
喘吁吁说道："姑娘慢走，
傻孩子，劫牢反狱岂是儿戏之谈！
这监狱好比个大铁罐，
更何况有重兵把守警戒森严。
为抗日断头流血我情愿，
可绝不能让孩子们为我一人冒险犯难。

有你们年轻人战斗，革命有指望，
大娘我纵然一死也含笑九泉！”
落泪的银环忙止住杨母，
说：“我们定救大娘出牢监！”
杨母摆手说：“疼大娘，你们切莫轻举妄动，
我那冬儿他也懂得娘的心田！”
杨母再三叮咛，银环无奈只好答应，
老人家抚了抚姑娘的短发，又亲了亲银环，
说：“急雨渐歇，孩子你该回去啦，
也免得外边的同志担惊心悬。”
好心的银环倚偎在老人的怀里，
说：“让孩儿再留片刻，亲亲大娘的慈颜。
您老人家还有什么捎给晓冬的知心话，
我回去立刻和他当面谈。”
杨母闻言复又拉住姑娘的手，
目不转睛盯住银环，
那眼光含情传心事：
是爱抚，
是喜欢，
是期望，
是留恋，
有万语和千言，
话到了嘴边，欲说又无言！
银环看出大娘的心事，
说：“大娘呀，我和晓冬情同兄妹，你还有什么话儿
口难言？”

杨母长叹一声把银环姑娘叫，
说："我确有件心事藏在心中好几年，
大料着咱娘儿俩今天是最后一面，
诀别前，恕大娘我大胆直言：
姑娘，我求你一件事！"
银环哽咽说："大娘您尽管说，纵然是十件八件孩儿也承担！"
杨母高兴说："你看我内衣袋里有件何物？"
姑娘取物在手说："是个旧式的指环。"
老人家颤抖着手把指环接过，
捧指环百感交集心绪万端，
她瞧瞧指环，看看自己，
想想儿子，又望望银环，
说："这指环是我当年订婚的聘礼，
它跟着我历尽风霜三十年：
戴着它，参加过千里堤上秋收暴动；
戴着它，离乡背井逃荒年；
戴着它，把冬儿他爹的尸体埋葬；
戴着它，送冬儿参加革命上延安；
戴着它，灯下做鞋支援前线；
戴着它，登山涉水把革命情报传。
姑娘啊！这指环是大娘的赤心一点，
几十年的辛酸身世刻在上边。
这几年我朝也思来暮也想，
为冬儿找一个革命的伴侣，携手百年。
从去年春天大娘心里就看中了你，

好姑娘，你若答应就戴上这个指环！”
这姑娘对晓冬早萌爱意，
听大娘提起此事，心中又喜又为难。
想答应，怎奈晓冬不在当面；
不接指环，又怕刺痛老人的心肝。
她愈爱晓冬就愈疼杨母，
你看她伏在老人的身上越哭越痛哽咽难言。
见银环悲泣不语老人失望，
说：“儿难道有了人家？”声音透着有点惨。
姑娘摇头说：“不是！”
悲切切把一只右手伸向老人面前。
这时候铁窗外云收雨散，
明朗朗一丝阳光照进牢监。
摇晃晃老人把指环戴在姑娘的中指上，
舒双臂轻轻拉起小银环。
姑娘抬头说：“母亲保重！”泪水滴如雨；
老人家却满脸堆笑望着银环，
说：“思亲泪应化作热血洒战场，
慰娘心莫忘把胜利消息告我的坟前。
有姑娘和冬儿并肩革命，为娘的心愿已了，
愿你们革命成功，永远向前！”
这时候门外示意叫银环离去，
这姑娘才挥泪而别出了牢监。
银环探监，革命的情意重，
下一回，杨母坠楼，光荣牺牲在宴乐园。

1963年3月

# 杨母坠楼

易水河畔草青青，
红花掩映烈士陵。
一片丹心照青史，
千秋浩气贯长虹。
慢道燕赵多豪俊，
巾帼当代出英雄。
壮怀激烈歌一曲，
就是那：老杨母，为抗日、为祖国，
慷慨坠楼、光荣牺牲在保定城，
她留下了轰轰烈烈的不朽名！

且说那杨晓冬不幸落入敌人的手，
日夜被关在铁牢中。
伪司令高大成亲自审问，
他妄图把地下的革命者一网扫清。
无奈何，金钱难夺英雄的志，
美人计更难移革命者的情；
经过了刑场陪绑假枪毙，
用尽了惨不忍睹的法西斯毒刑。
杨晓冬誓死不屈如青松挺立，
只弄得狡猾的敌人，束手无策叹技穷！
这一天，夜已深沉时交二鼓，
杨晓冬被带进一座三层的楼厅。
范大昌迎上两步，叫匪兵退走，

那贼子，眉飞色舞与往日不同。
他递烟倒茶不笑强笑，
说："鄙人聊备清茶与先生压惊。
杨先生大刑不屈堪称好汉，
高司令的粗鲁做法，我并不赞同；
可也是，杨先生的性子未免太暴了，
咱们读书人，能屈能伸方为英雄！
古语云：良禽择木而栖，贤臣择主而事。
杨先生肯活动活动，何愁富贵身荣。"
"哈哈哈！"晓冬仰天大笑说："好臭也，
快收起你那套认贼作父的卖国经！
日本鬼日暮途穷，贼还不知死，
等着你的是，人民手里的绞索法绳！"
挨了骂的狗特务却并不气恼，
他还是摇头摆尾叨叨不停，
说："杨先生，可别把我的好心当成驴肝肺，
鄙人是为了你的一家，才苦劝你投诚。
杨先生，不为自己该替亲人着想，
置亲人于死地，那可不近人情！"
"亲人"二字入耳，晓冬心中一动，
表面上却未露声色，还是那么从容：
"我没有亲人！"回答得声音平静。
"不，你有！"范贼紧逼不放松。
"要说有么，我的亲人遍天下，
那就是：抗日同志和阶级弟兄！"
范大昌狞笑一声说："别扯得太远。"

说话间，魔手指向对面的楼厅。
这时候，月色迷离群星惨淡，
萧飒飒，夜风凄厉刺骨透胸，
昏沉沉，黑雾迷漫笼罩四野，
隐约约，对面的楼房模糊不清。
杨晓冬，心内忐忑猜疑不定，
骤然间，对面的楼窗一片通明，
一个老人的侧影在窗前一闪，
呀！果真是，我那年迈的母亲遭不幸，
她落入敌人的魔掌中！
见亲人落难，晓冬又急又恨，
嘎吱吱，钢牙紧咬怒气填胸，
骂声："强盗，吃人的野兽！
一个老人都放不过，你们配讲什么人情！"
那范贼乘机进攻说："杨先生且莫激动，
要疼母亲那就自首签名。"
晓冬说："你们尽可把我处死，
想要我投降，那是瞎了贼的眼睛；
你如果还念及是中国人父生母养，
就别叫老人家知道我的详情。"
特务闻言，以为抓住了把柄，
你看那个贼呀，他是趾高气扬得意忘形。
"嘿嘿！"冷笑一声说，"岂有此理，
我这个人，最懂得母子连心是人之常情。
来人哪！给我把杨老太太请过来，
我成全你们母子见面相逢。

告诉你，眼前摆着两条路，
你们母子，自己商量定死生！”
一霎时，匪兵把杨母带到阳台上，
范大昌和匪兵退回房间中，
老杨母一溜歪斜挣扎着站立，
颤巍巍，伤躯乱晃弱体难撑。
杨晓冬赶上前去抱住了老母，
老人家惊魂未定，有点神志不清。
只见她苍老的脸上创痕无数，
血染蓝衫点点殷红。
打在娘身，如刀割儿的肉，
杨晓冬五内俱裂阵阵绞疼，
低语轻声把母亲呼唤，
老人家苏醒多时，才看清了晓冬。
说：“我儿怎么也遭此毒手？”
言至此，声音颤抖话不成声。
这时候，儿望着亲娘，娘瞧着儿子，
两颗心，是一样的仇恨，一样的同情。
晓冬说：“生儿者亲娘，教儿者党，
共产党教儿走上革命的征程。
儿的青春，献给祖国献给了党，
为人类的解放奋斗终生，
回首往事，似锦年华未虚度，
纵然是为党牺牲，儿死也光荣。
念只念，母亲养儿历尽辛苦，
不料想，风烛残年又受此酷刑，

让老娘受此连累，儿心何忍……”
言至此，那位钢铸的汉子，一阵心酸，
也止不住泪飘零！
老人家忙给儿子擦了擦眼泪，
说：“儿呀，连累二字娘不愿听。
娘熬过五十九年的辛酸岁月，
受尽了折磨，哭干了眼睛。
你爹爹，高蠡暴动后被地主杀害，
这一笔血债常记在娘的心中。
旧仇未报，日本鬼子又侵入中国，
从此后，人民的灾难深万重：
东洋刀下，多少乡亲成冤鬼，
好可叹，多少姐妹遭野兽欺凌；
痛哀哀，寡妇泪湿新坟地，
惨切切，婴儿啼母在血泊中；
一座座，城镇乡村成焦土，
一片片，肥沃的田园荒草生！
幸而有，共产党领导坚持抗战，
毛主席拯救人民于水深火热中；
不杀尽日本强盗汉奸走狗，
老百姓怎能翻身出头重见光明！
娘今天，为抗日被捕何言连累，
为国牺牲，我死也光荣！”
听母亲这番激昂的言词，晓冬深受感动，
娘儿俩，真是义胆相照，红心相通。
晓冬说：“日本鬼已到了日落黄昏后，

毛主席领导人民将全面反攻，
长夜将逝，黎明在望，
我们要，在狱中，团结难友，坚持斗争，迎接东方太阳红！”

这时候，忽闻一阵脚步声响，
门开处，闯进来汉奸司令高大成。
那家伙，一脸横肉带杀气，
横冲直撞气势汹汹。
大喝道：“范主任好意叫你们母子团聚，
听你们的言语是死不投诚。
你们既然铁心效忠共产党，
咳咳这可别怪你高司令手下无情。
我叫你母亲受刑给儿子看，
儿子惨叫让母亲听。
娘疼儿子，娘把名单献，
儿疼母亲，儿在自首书上签名。”
大叫“动刑”一声断喝，
呼拉拉扑上来几个匪兵。
杨晓冬挺身而上把母亲掩护，
老杨母却推开儿子大喊一声：
“我要见见你这高司令，
你容我母子商量商量好给你签名！”
狗汉奸以为老人疼儿心回意转，
说：“好吧，那就再给你们最后五分钟。”
说罢一挥手，和匪兵一起退下，

老杨母转回身来拉住了晓冬，
说：“儿懂得娘的心意？”晓冬说：“懂！
娘定有什么心事还未说明。”
老人家身倚栏杆说：“我儿坐下，
让为娘好好看看儿的面容。”
杨晓冬在母亲的膝下半屈半跪，
说：“娘有话快说吧，时间匆匆。”
老人家理理儿的长发，又摸摸儿的面颊，
两只眼依依情深默对姣生，
说：“儿是革命的好战士，也是娘的好儿子，
有这样的儿子，娘感到光荣。
愿我儿革命到底，娘不再牵累你，
只是有件挂心事还未说清。”
说着话老人有点激动，
苍老的脸上，现出一丝笑容，
低声说：“儿看娘手上少了件何物?”
“红心的戒指，”儿子的回答也压低了声。
老人说：“娘把他送给了一个少女，
她愿和你结为伴侣战斗终生。
她就是你的战友银环，儿可愿意？”
那声音低微得几乎听不清。
晓冬暗想：我怎么忍心给一个同志徒增苦痛；
不答应，岂不刺伤母亲破碎的心灵。
无奈何，苦笑着将头点了两点，
这时候，闯进来杀人魔王高大成。
贼问道：“写不写名单？”晓冬说：“愿写。”

众匪兵忙将笔砚递在英雄的手中。
杨晓冬和笔濡墨心潮汹涌，
奋神威，一挥而就顷刻诗成。
上写道：
革命何惜头颅断，
拼将热血写豪情；
杀尽汉奸扫日寇，
笑展红旗迎黎明！
英雄写罢高声朗诵，
一纸甩向高大成。
狗汉奸气得如野兽咆哮，
嗷嗷嚎叫：“快动大刑！”
匪兵们一涌而上要下毒手，
老杨母挺身而上挡住匪兵，
厉声痛骂：“汉奸匪首！
你折磨我母子的毒谋休想得逞！
高大成，你欠下冀中人民多少血债，
要知道，血债还须血填平！
我恨不得撕贼的皮，食贼的肉，
挖出贼的心肝，祭亲人的灵！”
气冲冲，老人压不住三千丈怒火，
刷拉拉，抓起石砚击向高大成。
贼匪首连忙躲闪一阵惊愕，
这时节英雄的母亲把铁胆一横，
大喊一声：“我儿努力杀敌！娘去也！”
踊身一跃，栽下楼厅。

老杨母粉身碎骨壮烈殉国，
洒碧血气壮山河风云色更，
哭烈士，天公泪滴倾盆雨，
悲英雄，萧萧易水猎猎东风。
到后来梁队长劫牢晓冬得救，
反扫荡胜利活捉了高大成。
杨母坠楼，英风播千古，
到如今，千家万户齐传颂，
那部革命的史诗：
《野火春风斗古城》！

1963年春节初稿
3月11日改毕

# 飞雪迎春

雪漫草原白茫茫，
铁梅料峭斗冰霜。
心红不怕雪夜冷，
骨劲敢敌朔风狂；
蓓蕾一枝报春讯，
红花万朵向朝阳。
一曲牧歌激情满，
唱的是——
小龙梅，
和玉荣，
红心闪闪，
雪夜护羊。
真称得起——
毛泽东时代的好孩子，
一对）英雄的小姑娘！

草原上，冬残腊尽春将到，
迎春节，家家牧民分外忙。
这一天，阿爸帮军属去粉刷墙壁，
小姐妹，替阿爸去放公社的羊。
十一岁的龙梅崭新的皮袍一身绿，
九岁的玉荣身着大红装，
姐妹俩，吃罢早茶收拾停当，
驱羊群，欢天喜地出了毡房。

望东方：一抹彩霞托红日，
碧天一色，白云微茫。
看远处：冰崖晶莹，雪岭耀目，
千里草原，素裹红装。
白皑皑，羊蹚雪地行，人在冰镜里，
呀！好一幅妙手丹青：北国风光！
一霎时——
羊群上了草滩，
草滩连着雪山，
雪山上接云天外，
但只见——
“山舞银蛇，
原驰蜡象”，
羊群儿跳荡，
云朵儿飞翔。
也辨不出——
哪儿是雪山，
哪儿是云天，
哪儿是群羊！
天上地下，地下天上，一片白茫茫，
都变成了公社的羊——
这下喜坏了牧羊的小姑娘！
小姐妹俩，眼望着羊群心高兴，
脆生生的歌声随风飘扬。
寻牧草，羊群渐远歌声也渐远，
一霎时，到了十里以外的苴芃岗。

骤然间，乌云滚滚遮天日，
风卷雪片，纷纷扬扬。
眼看着草原天空变了脸，
羊群惊叫，奔向四方。
龙梅忙把玉荣叫：
“快快快，快把羊群赶回家乡！”
玉荣应声挥动羊鞭，
小姐妹，东奔西跑拦群羊。
怎奈是，风狂雪暴来势猛，
更何况，风向南刮，家在北方。
但见那——
北风卷雪浪，
雪浪裹群羊，
风卷雪浪雪浪滚，
雪裹羊群走慌忙。
羊顺风势难拢转，
一路翻滚就奔向南方！
事于急处，龙梅又把妹妹唤：
“玉荣呀！你快回去，
叫阿爸帮咱们来拢羊！”
听话的小玉荣翻身就往回跑，
白毛风刮得她踉踉跄跄。
心想道眼下风急雪正猛，
姐姐一人，怎能守住三百多只羊。
临来时，阿爸叮咛，阿妈也嘱咐：
集体的财产，要时时刻刻挂心上。

暴风雪来了要坚守阵地，
可不能逃路去躲藏。
小玉荣自言自语说，我不能回去，
说罢又跑回姐姐的身旁。
龙梅一见说："你怎么还没走？"
玉荣说："咱俩就能看住公社的羊！"
小姐妹俩，把离群的羊只圈回队，
随羊群，进入茫茫无垠的风雪海洋！
风怒吼，雪正狂，
家乡渐远路苍茫。
小姐妹，忍饥抗寒，跋涉终日，
鼓余勇，冲向雪夜护群羊。
渐渐地，夜已深沉气温降，
凛冽冽，北风长啸透骨凉，
尖利利，周身好似乱箭刺，
冷飕飕，遍体麻木四肢僵；
更搭着，夜以继日，不曾吃上一口饭，
咕噜噜，饥肠如鼓心发慌。
小英雄，
真倔强，
抖雄威，
气昂昂，
冰雪严寒踩脚下，
九级风暴抛一旁。
蹚冰雪，步步沉重步步远，
抗寒风，步步不离公社的羊。

正行间，玉荣的脚下忽地松软，
原来是，有条雪沟横在身旁。
小姑娘，一脚踏空难停步，
扑腾腾，翻身栽进沟中央。
勇敢的小玉荣挣扎着站起，
无奈是，沟深雪满埋住了小姑娘，
她伸手向上，雪没了头顶，
摸了摸四周，尽是雪壁冰墙。
雪灌衣领洒冰水，
遍体恰似箭钻刀伤。
更何况，层层积雪扑头盖脸，
一阵阵，呼吸困难口难张。
小玉荣，想唤姐姐来帮忙，
这孩子，一声“姐姐”未出口，
隐约约声声羊叫，如在耳旁。
姐姐她正和风雪在搏斗，
我怎能叫姐姐管我，舍了公社的羊！
小英雄，把牙一咬说：“我一定要上去，
我要和姐姐一起去护公社的羊！”
不多时，姐姐龙梅已赶到，
伸手抱住了小姑娘。
她连忙给妹妹把身上的雪掸，
一层层，雪融冰水冻结住衣裳。
“阿姐呀，你怎么舍了羊群来把我找，
走走走，快领我去看看咱们的羊。”
龙梅说：“羊群就在前边一个低洼处，

放心吧，一个也不少，一个也没伤。”
说着话，龙梅挽起玉荣的手，
腾腾腾，一蹓小跑到了羊群旁。
姐妹俩，抚摸着羔羊，刚要歇歇倦体，
小玉荣一声高叫，欣喜若狂：
“阿姐，阿姐，你来看！”
小手指向逆风的远方。
但只见，夜暗风雪迷漫处，闪出一点微弱的灯光，
那灯光，时明时暗，时隐时现，
给孩子们带来无限的希望：
有灯光就有牧人在，
公社的羊群有了保障。
小姐妹兴高采烈，忙赶起羊群向灯光走，
无奈是，风向不对，赶不动群羊。
风雪夜路，越走越远，
一霎时，消逝了那一线灯光！
白茫茫，雪浪腾涌路难找，
迷离离也不知道到了什么地方。
小姐妹，遍体汗水凝雪水，
浑身凝就一层冰霜。
沉重重一步一跌，一步一晃，
咬牙关，步步跟定公社的羊。
忽然间，一个趔趄，玉荣栽倒，
小英雄，一跃而起，身子还在晃荡。
龙梅向玉荣看了一眼，
呀！妹妹的毡靴早不在脚上。

“玉荣，你的毡靴……”龙梅心疼难忍，
小玉荣，把双脚一跺，神采飞扬，
说：“靴在脚上，姐姐不必大惊小怪，
我觉得，双脚暖洋洋。”
“傻妹妹，那是一双冰砣子，
这还不把你的脚冰伤！”
小玉荣，这才认真看了看脚下，
“咦！毡靴真的不知丢在什么地方！
管它呢，冰鞋倒比毡靴好，
一样走路一样赶羊！”
龙梅心疼如刀绞，
说：“好妹妹，
你快把我的毡靴来换上。”
怎奈是，脚连毡靴，冻在一起，
任龙梅，百般磕碰也不动荡。
小玉荣，连忙上前抱住了姐姐的腿，
说：“你可不能把脚脱光。
倘若是，你的腿脚也冻伤，
阿姐呀！羊群怎能赶回乡……”
小玉荣的话音越来越弱，
一阵昏迷，倒在姐姐的手臂上，
嘴里还不住的喃喃唤羊羊！
小英雄一双铁脚踏遍雪野，
颗颗脚印，印在雪上，
一个脚印，红心一点，
一点红心，万道金光。

奋战到中午，在白云鄂博得了救，
小姐妹，转危为安，保住了群羊。
这便是祖国的未来新一代，
恰似那——
红梅冉冉，
冲风破雪，
俏花枝，
向朝阳，
迎来了——
飘荡荡的东风，
碧绿绿的草原，
映衬着万紫千红的无限春光！

1965年3月

# 白雪丹心

潴龙河水浪涛涌，
千里堤上出英雄。
五洲风雷藏胸内，
千钧重担铁肩横；
风雪如磐傲骨挺，
临危不惧丹心红。
弦凝声咽悲歌慷慨，
唱的是——
好队长——白维鹏，
舍己救人，光荣牺牲，
他的风格照日月，
壮志天地惊，
真不愧为：中华的男儿、当代的英雄！

这一夜，北风呼啸天气冷，
茫茫大雪连日不停。
老大夫崔铁林上门给病人送过药，
踏风冒雪奔回家中。
他捅了捅炉火，刚要暖暖冰冷的手，
“啪啪啪”门外又传来急骤的叩门声。
匆忙忙，老人开门把来人迎进，
见那人，浑身披满雪花冰凌。
老人家，忙给来人掸了掸身上的雪片，
说：“快坐下，先喝碗热水暖暖心胸。”

那人说："谢谢老人家，我不觉得冷，
北沙口有个病人在垂危中。"
老大夫听话音耳熟抬头细看，
来人正是北沙口的生产队长白维鹏，
"好当家人"的称号人人传颂。
遍蠡县，千村万落无不知名。
只因为：女社员窦秀兰得了重病，
产后高烧，神智不清；
就近的医生连日抢救，
无奈是医药无效，病势转增。
维鹏决定，搬请老中医妇科妙手，
他这才风雪夜路来请医生。
白维鹏望着大夫说："外边风大雪正猛，
难为了老人家，您还得辛苦一程！"
老人说："为人民服务么，何言辛苦！
替社员解除病痛，是医生的光荣。
为乡亲们的健康，你都踩凹了我的门口，
我这老头子，也要学学你那种忘我的热情。
常言说：救人扶危如救火，
咱们就赶快上路登程。"
说话间，维鹏把医生的药箱提在手，
出了门，见同来的白小柱正等在风雪中。
为救人，三颗心急似三支离弦的箭，
急骤骤，冲向茫茫的雪夜中。

这时候，风卷暴雪十分猛，

茫茫大地，千里冰封。
望长空，天压铅板昏暗暗，
看四野，满目迷离灰蒙蒙。
望不见村庄与林木，
哪儿是沟渠，哪儿是田垅也分不清，
白茫茫，雪深哪儿去找来时的路，
夜沉沉，怎辨南北与西东，
三个人，只好约略着定了定方向，
面向北沙口村，猛往前冲。
白维鹏一马当先在头里走，
老大夫和小柱，紧紧跟随不放松。
一脚深一脚浅，雪没膝盖，
跨一步，力拔千钧，困难重重。
哪管它，暴雪打脸难睁眼，
哪管它，朔风刺骨冷似冰，
哪管它，深沟积雪雪没体，
哪管它，手脚麻木腿难撑，
他们是，一步一滑挣扎着走，
跌倒了爬起来，再往前行。
十五里风雪，眼看快走到，
捉摸着离北沙口，还有三四里的路程。
骤然间，卷地风旋起一个雪柱，
咆哮着冲乱了三人的队形。
这时候，忽闻“哎哟”一声惊叫，
声未落，接着又是“噗通”一声。
原来是，他们闯进了麦子地，

麦田里，有口枯井被雪蒙；
老大夫，老眼昏花没看准，
不幸他，失足落入枯井中。
循声音，维鹏和小柱摸到了井口，
老大夫惊魂方定，也正唤维鹏，
喘吁吁说："快想个办法拖我上去，
这井中水倒不深，只可齐胸。"
两人闻言，忙脱下套衣，解下腰带，
连接成一条"绳索"系入井中；
嘱老人"紧攥绳头"，大夫应声"已抓好"，
两个人，就用力往上拖医生，
无奈是，冰雪冻僵了老人的手，
更何况，皮袍浸水，沉的不行。
抖瑟瑟，老人用力也抓不住"绳索"，
颤巍巍，脚将离水又把手松。
反复三次，老人筋疲力尽，
看光景，再迟延片刻，老人就得牺牲，
事于急处，维鹏把钢牙一咬，
当机立断的队长把铁胆一横。
命小柱："准备接应，我要下井。"
说话间，脱下棉裤往井旁一扔，
说："人上来，速给他换上这条干棉裤，
你回村叫人不准稍停！"
白小柱望着维鹏说："队长你……"
好队长顾不得回答，翻身跳进那口黑洞洞
的枯井中！

枯井内，冰凝雪水凛冽冽，
抗寒威，英雄自有丹心红。
白维鹏赤裸着双腿蹲入水底，
抱起老人的双脚在肩上放平。
这英雄手按足蹬，大喝一声“起”！
挺起胸，水中拱起了年迈的医生。
小柱闻声忙递下“绳索”，
那老人，手脚痉挛已动转不灵，
倚井壁，勉强站着，他站都站不稳，
他哪儿还有半点的力气，去攀那条救命的绳！
只急得年轻的小柱满头大汗，
在井下边，这才急坏了英雄白维鹏。
此刻的老大夫，眼看快断气，
那位老人家，却还是强打着精神频频叮咛：
（夹白）“维鹏！我不中用了，你……
快……快……放下我……你……你
……
你趁着力气未竭，快让小柱拖上井，
看起来我已支持不了几分钟……”
“不！老人家，您要坚持到最后，
保证社员们的健康，您的担子还不轻。
只要是有我维鹏一口气在，
定让你重见明天的太阳红。”
说罢高声喊：“小柱快回村把人找！”
白小柱听罢，回头疾驰快如风。
井里的老大夫已昏迷不醒，

他的两腿瘫软，往下斜倾。
白维鹏挺住脖项把老人驮定，
怎奈他，气尽力竭也难以支撑：
只觉得，冰冻心窝血液凝固，
只觉得，呼吸困难如铁压前胸，
昏迷迷，眼冒金花天旋地转，
恍惚惚，身子趔趄头重脚轻，
呀！眼看着维鹏栽倒、医生落水，
好英雄，把铁背一晃挺住身形。
大喊一声："不能，不能，我不能倒下去，
我定要坚持到最后一分钟！"
这时节英雄的心里不平静，
思潮澎湃，鼓荡激情：
他想到，病床上的女社员等着抢救，
他想到，乡亲们需要这位老医生；
他看到，祖国的远景美如画，
他看到，乡村的前景万年青；
他想起，高蠡暴动的光辉家乡史，
忘不了，烈士们血染潴龙河水红；
他懂得，肩负着人民的希望，革命的大业，
他知道，革命者要走怎样的路程……
英雄的心中，烧起一团熊熊火，
这团火赶走了困难千万重。
你看他挺起胸膛昂昂立，
好一派英雄的气概，刚毅的神情。
任它朔风飞利剑，

任它暴雪下钢锋，
任它寒水割肌肤，
任它冰凌没心胸，
任它是：狂风、暴雪、寒刀、冰剑来势猛，
任它是：天崩、地陷、泰山倾，
英雄自有回天力，
你看那白维鹏——
他是从容不迫、驮定医生，岿然不动，
好像一座钢打铁铸的山峰！
无情的大雪还在纷纷下，
落地无声一层层。
听四野，千社万队人寂静，
黎明前，家家窗口起鼾声，
被温炕暖，雪深三尺不知冷，
回龙觉[①]甜，北风敲窗梦不惊。
可知道，我们赤胆忠心的好队长，
白发苍苍的老医生，
为挽救阶级弟兄的生命，
双双搏斗在冰雪覆盖的枯井中！

白小柱带领着社员们来到旷野，
大地上雪深又添好几层。
哪里去找那口井？
哪里去寻井旁的脚踪？
白小柱心里难过如刀割肺腑，
乡亲们也急声呼唤不住声：

“好队长
——白维鹏！
崔大夫
——老医生！”
千声呼，不见亲人来回应，
万声唤，惟闻北风萧萧呜咽呜。
乡亲们，踏碎了雪原，找遍了野地，
才发现队长的棉裤在井旁扔。
社员们含泪把井里的积雪全掏净，
露出了英雄壮烈的姿容：
白维鹏仍在齐胸的冰中昂然而立，
钢牙咬碎，虎目圆睁；
老大夫骑坐在英雄的铁肩上，
低首眯目，好似入梦中。
乡亲们热泪飘洒，把亲人低唤，
无奈是，大夫不语，队长也无声。
白维鹏壮烈牺牲钢躯不倒，
树立了史册不见的浩气雄风；
俨然是：一座中华男儿的青铜塑像
巍峨矗立在人民的心目中。
这时候：金鸡啼破了茫茫夜，
朝霞如血迎黎明；
风已住，
雪已晴；
鸟不飞，
人沉痛；

悼烈士，万里山河素漫漫，
悲英雄，松涛滴泪一声声。
白维鹏的精神永不死，
且看那——
潴龙河上，
白雪丹心，
千秋万代，常映东方一轮朝日红！

1964年7月

【注】

① 河北方言，指黎明前的一觉。

# 附录

# 《村歌唱晚》小引

小时候，在鲁北平原的老家，上过一年多私塾。开蒙课本依例是《三字经》《百家姓》，三个字或四个字一句，顺口易记。过了一段时间，字认不得几个，两个小本本却倒背如流了。以后便是“子曰学而时习之”的《论语》，意思不懂，也不好念，只好硬着头皮“鹦鹉学舌”。

这时候，几个大我七八岁的同学，每到夕阳西下，便扯着长声念什么“春眠不觉晓，处处闻啼鸟……”后来我才知道他们念的那本书叫《千家诗》，一念起来，抑扬顿挫，此起彼伏，唱歌一般。我听入了迷，人家唱，我跟着哼，慢慢地听会了一些。虽然因为之乎者也矣焉哉的《论语》不能成诵，很挨过几次老师的斥责以至于戒尺掌心，也全然不顾了。依然跟着大哥哥们吟唱“清明时节雨纷纷”“一为迁客去长沙”……一年多的时间，《论语》的成绩等于零，却背下了100多首五七言绝句或律诗，虽然诗里的字一个也没见过。随着家乡所在地的冀鲁边区抗日救亡运动的蓬勃发展，我和我的小伙伴们都加入了抗日儿童团，我的职务是指导员，那任务是教小战友们演唱抗战救国歌曲，在不太长的时间里，我从县、区青救会的叔叔们那里学会了包括《义勇军进行曲》《大刀进行曲》《游击队员之歌》《反扫荡》《太行山上》《五月的鲜花》《流亡三部曲》《八路军军歌》《黄河大合唱》在内的近百首抗日歌曲和填了新词的地方民歌小调。所有这些，就是我接受的最早的诗歌教育。

后来在抗日小学里，学了语文课本，字认得多了些，便找来一本《千家诗》，按以前背过的诗句，按音索骥，慢慢地读了下来，也渐渐理解一些诗意。于是，越迷越深，由《千家诗》，而《唐诗三百首》，而《古唐诗合解》，而李白、杜甫、白居易、刘禹锡、李商隐、李贺、杜牧、许浑、赵嘏、苏东坡、陆游、元好问、吴梅村、黄景仁、龚自珍……正所谓“熟读唐诗三百首，不会作诗也会吟”，后来，当我为一些情事所感，或为景物所动，兴之所至，也不自觉地凑几句五言或七言顺口溜。记得上五年级时，有一次的作文题目是《送春》，我大着胆子赋得七言四句交了卷。前两句忘了，后两句是什么“片片桃花随水去，蝴蝶翩翩送春归”。想不到老师竟圈圈点点，给了个“词韵可观”的评语。现在想起来不免脸红。

更想不到，老师的这个无意之中的鼓励，却使我这个没有诗才，且缺乏诗的基本训练的普通诗歌爱好者，竟然与诗歌结下了不解之缘。直到工作之后，新诗、旧体都喜欢读，兴趣越来越浓。40年代末，也间或在地方小报上发表过几篇歌谣体的文字。后来，半路出家上了几年大学文科，在诸多文学专业课程中，也特别热衷于古今中外诗歌艺术；再后来当了诗歌编辑，不断陪诗人到祖国各地的“四化”前线采访，触景生情，或喜、或悲、或怒、或怨，情动于中，而形于言，内心激动，不吐不快时，也不由得冒充诗人动笔写上几首。久而久之，发表并保存下来的，也有了几百首之多。收在这个小册子里的100多首短诗，是从存稿中选出的自己较为满意的。古人云：敝帚自珍，信夫！

我的写诗的追求是：一、有所为而发，为时为事而作，有真情实感；二、有一点诗味；三、有一点新意，有一点时代感。在诗的形式上，一是大体合律（按传统诗韵也按现代诗韵），二是不大讲求格律的俚曲歌谣体。尽量采用当代人的口语和化用尚有生命力的文学语言入诗，让具有初中文化的最广大的读者喜闻乐见。至于这些东西，是否兑现了我的追求，兑现了几分，抑或这些东西叫不叫诗？叫不叫旧体诗？我说不准。名之曰“村歌”，野调无腔，庶其近之。个中是非得失，还是请读者鉴定吧！

1988年3月25日夜于北京

# 《虎坊居诗草》自序

去年初春的一天，年轻朋友黄君打来电话，谈到他经过长期调研筹划，决定出一套《当代名家诗词集》并向我约稿。他告诉我：这套丛书，准备长期出下去，第一辑有包括钱仲联、霍松林、刘征等诗词家的自选集。当我知道拙作已被滥竽于这套丛书之中，内心虽不免惴惴不安，但是面对当前出书难，出诗集更难，出旧体诗集难于上青天的出版现状，好不容易有了一个出版机会，何况，我对这位年轻朋友的学识修养，以及他对于编辑出版事业严肃认真的态度应当说是素有了解，相信他能够把这套丛书做好。我还有什么说的呢？剩下来的，也只能是遵嘱，尽全力把自己的一本自选集选好的份了。

在这里，还得赶紧声明：我不是诗人，更不是诗词名家。我之所以被人们误认为诗人或名家，大概是因为至今我有了28年的诗歌编辑身份，人们常在《诗刊》《中华诗词》《北京诗苑》杂志的版权页上见到我的名字。

其实，我只是一个爱诗者，是一个编诗之余学作诗的业余作者，充其量只能算作一个诗词界的“票友”。我的诗词写作，大体开始于七十年代末，清点近30年能够收集到的旧作，除1988年出版的《村歌唱晚》和1998年与友人合集出版的《东西南北集》已收的200多首诗外，尚余500

首作品待编。这个选本，就是从上述已编和待编的全部诗稿中经过反复阅读掂量后筛选出来的。计正编455首、外编13首、另4篇。我的编选原则是：一、真正的缘景缘事缘情而发，所谓“情动于衷，而形于言”，以至于块垒在胸，不吐不快的篇什；二、诗中或浓或淡有一点意境韵味，且从中流露或折射出一点时代感和生活气息者；三、或多或少有一点自己的诗词话语；四、大体合律。总之，力求在继承前人优秀传统的基础上求新求美，与时代同步，用自己的声音为人民歌唱。所有这些，也可以说是我的关于诗词的审美观点或诗词创作的艺术追求。至于这个自选集选入的作品，是否实践了这些艺术观点，或者达到了什么样的艺术境界，那就只好留给读者判断了。

在这里，似乎还有必要为这个集子中的“外编”一目说几句话。记得我背诵过的郁达夫的《无题四首》中，有“催妆何必题中馈，编集还应列外篇”的诗句。想不到，我在着手编这个选本时，面对上世纪60年代所写的一些不属于旧体诗范围，也不被新诗所承认，但确与披之管弦而歌的民族诗歌传统有关的旧作踌躇不决时，却从这里得到启发，终于以“外编”的名目，保留了少量在体裁上难入正编的旧作。“外编”选入的，一是题为《白求恩组歌》的一组歌词；二是《杨母坠楼》《银环探监》《白雪丹心》《飞雪迎春》等四篇叙事性的鼓曲唱词。提到这些作品，还不得不提到上世纪60年代我的一段写作经历。我在《村歌唱晚小引》中，曾经提到“40年代末，也间或在山东解放区地方小报上发表过几篇歌谣体的文字。”那歌谣体，指的便是民歌体的新诗，以及七字句、十字句的戏曲、鼓曲唱词小段……当时发表在《群众文化》《渤海大众》上的一些宣传口号一类的文字，时过境迁，自然没有再保留的必要了。50年代中期，我到天津上大学，毕业后到北京工作，有机会欣赏到荟萃于京津两地的鼓曲艺术。一个阶段，我迷上了京韵、梅花、奉调、西河、乐亭大鼓，以及单弦牌子曲、天津时调、北京琴书的演唱，对名噪京津的演员，如骆玉笙、魏喜奎、马增芬、孙书筠、白凤鸣、叶德霖、王佩忱、小岚云、良小楼、侯月秋、桑红林、林红玉、闫秋霞、陆绮琴、花五宝、王毓宝、石慧儒、关学增等不同曲种、不同流派的名家的演唱艺术，听得如醉如痴，越迷越深。已经中断了多年的唱词写作，又拾了起来，从50年代末，到60年代初，我写了十几篇唱词。其中《杨母坠楼》《银环探监》《白雪丹心》《飞雪迎春》先后在《北京文艺》《人民文学》《曲艺》等杂志上发表后，引起了曲艺界的注意。接着“坠楼”“探监”“白雪”三篇相继被谱成京韵、梅花大鼓，在京津曲坛上传唱。其中，孙书筠演唱的京韵大鼓“坠楼”录音，曾被中央广播电台作为保留节目，经常播出。……往事历历，转眼已是40年沧桑。我之所以翻检出来这些陈年旧作并且不揣浅陋地使之入集。对自己来说，无非是对既往生命中那一段因迷恋鼓曲艺术而产生的一种创作激情，留下一点难以忘却的纪念而已；作为栏题标出的“说唱诗”，则来自建国初期，赵树理编《说说唱唱》时，对新创作的“鼓词”文本的命名。记得已故新诗人王亚平创作的鼓词之作《张羽煮海》，便是标以“说唱诗”之名刊出的。至于这些收入外编的作品，能否为读者所认可，我也就不再顾及了。

最后，请允许我再重复申明：我是一个诗歌编辑。编辑的职责一是善于从来稿中发现好诗，推荐新人；二是惯于对不成熟的诗稿评头论足，挑剔写作中的瑕疵。随着这本自选集的问世，我的规定身份已由编者转化为作者。俗语云：来而不往非礼也。我诚恳地期待着读者朋友以及熟悉的或陌生的诗友们给拙作以坦诚的批评，以帮助我这个进入古稀之年的诗词作者，在未来的诗词艺术道路上，力争写出一两首能够为自己也为读者满意的作品来！

是为序。

# 2004年春节于虎坊公寓三、听曲漫笔

## (一)

大鼓艺术，形式单纯精巧，一两个演员，装文扮武，“好像一台大戏”。它的最大特点是：小中见大，单纯中见丰富，寓教育于娱乐之中。一曲好的大鼓，充满诗情画意，以极其有限的艺术形式，给人以无限丰富的美感享受。

一曲大鼓能否打动听众，固然主要决定于演员，但是，和戏剧艺术一样，演员也是依据脚本来进行艺术创造的，没有好的脚本，就很难设想会产生成功的大鼓艺术。近半年来，听了不少优秀的传统段子，使我越来越感觉到大鼓和诗的不可分割的关系：“乐辞曰诗，诗声曰歌。”（《文心雕龙》《乐府》篇）这是古人对乐府诗的要求，我想做为从乐府这个总汇中流变出来的大鼓乐辞，也应当是诗，而且还应当是很好的诗。

鼓词在艺术上不同于评弹，因为前者是唱的艺术（长篇说唱暂置不论），而后者则是说唱兼之的艺术。评弹的脚本，用于说的散文多于作为唱词的韵文，它在刻画人物和叙述故事上，可以充分地利用散文的部分，惟妙惟肖地进行细节的描绘，并且可以根据主题的需要，随时插进一些幽默风趣的噱头，以便多方面地满足听众的欣赏要求。

鼓词，都是韵文，在刻画人物和叙述故事上没有散文韵文结合的评弹那么方便，但是它却能够另辟蹊径，形成了自己艺术上的适合歌唱要求的抒情特点。作为“咏叹之不足，故永歌之”（《毛诗序》）的歌唱，是“歌者对于情绪的自觉的表现”它的“本质是抒情的”（闻一多：《歌与诗》）但是歌唱是声情的抒情，而声情的抒情离开了一定的辞情是无由产生的。因此，作为大鼓声情赖以产生的鼓词，就必须是以情动人的抒情诗篇。但是，鼓词又不是单纯的抒情诗，一般的鼓词都有人物和情节，它还需要叙事。优秀的鼓词作品的妙处，就在于继承了中国古典叙事诗“志（情）事并重……于记事中言志，或‘记事以言志’”（《歌与诗》）的艺术传统，做到叙事和抒情水乳交融的结合。

在一些优秀的鼓词段子中，虽然有情节的叙述，但这叙述却是为了通过情节的描绘，引导听众进到一个特定的感情境界中去。我们且欣赏一下奉调大鼓中的《宝玉娶亲》。段子一开始有一大段叙述贾府上下人等喜气洋洋和洞房花烛富丽堂皇的文字，这段不可缺少的叙事处理得非常巧妙：林黛玉的丫环雪雁含着眼泪带着“林姑娘病势已到垂危候”的不幸消息来到怡红院，这样就使热闹和悲惨这两种不相谐调的情调巧妙地联接起来，使听众越听到热闹场面的叙述，也越为被封建礼教摧残得奄奄一息的林黛玉难过。这种化叙事之笔为抒情之笔的手法，是值得我们借鉴的。

《宝玉娶亲》中的诗意的抒情，在另一些地方表现的更为直接，蒙在鼓里的贾宝玉看到雪雁扶着的那个“林妹妹”高兴得心花怒放，他迫不及待地“揭去红罗看阿娇”，才发现“不是林妹妹同罗帐，分明是薛家姐姐住蓝桥。”一团希望的烈火，立刻烟消云散了，在这里，作品合盘地托出了贾宝玉悲愤交集痛不欲生的心情：

一声声要到潇湘馆，
一心要把林妹妹瞧。
又说是我病为她她病为我，
咱两个性命相连在这一遭。
……
又说我也不久辞人世，
一点真魂早已消，
不如也把我送到那边去，
同病相怜也好诉心苗。
就是你们扶侍也容易，
到将来一双枯骨好同葬荒郊。

这是宝玉对黛玉坚贞不渝的爱情的吐露，是不甘于自由幻想破灭的挣扎，是对吃人的封建礼教的血泪控诉。这段直接抒情的描写，有力地激起了听众的共鸣，从而深刻地揭示了作品反封建的主题。但是作品并不就此结束，“他这里洞房花烛生奇变，不料想，潇湘馆里魂魄儿飘飘”的两句结尾，进一步增加了悲剧的抒情浓度：在封建家长安排的“娶亲”这个所谓“大喜”的日子里，两个青年人，一疯一死，揭露封建礼教罪恶的主题，进一步得到深化。为“娶亲”逼疯了的宝玉听到心爱的人的死讯以后又将如何？作品给听众留下了思索的余地。正所谓收到了“含不尽之意于言外，使人思而得之”（诗人玉屑）的艺术效果。

在另一类故事情节比较复杂的段子里，作者也绝不陷入事件和过程的叙述中，而是精心地选择那些最足以表现人物性格的情节，加以具体描绘，至于事件的过程，则采取了诗的跳跃手法，或略而不写，或一笔带过，做到言简意骇，以少胜多。

《草船借箭》的故事，事关魏、蜀、吴三个军事方面的斗争，人物也较多，情节不谓不复杂了，可是写得却非常集中。作品重点写了三个场面：立军令状、借船和借箭。突出了两个人物：诸葛亮机智、沉着，料事如神，鲁肃胆小而待人诚恳。两两对照，栩栩如生。作者在鲁肃这个陪衬人物上多用了一些笔墨，却更有力地衬托出诸葛亮的性格：三天期限过了两天，鲁肃的担心焦急，正是为了衬托当事人诸葛亮的谈笑风生若无其事；在鸣锣击鼓冲向曹营中的草船中饮酒，鲁肃的失魂落魄的表现，也更有力地突出了诸葛亮在大敌当前相信自己决策必然胜利的沉着风度。

作品对不得不交待的过程，处理得非常简练：写立下军令状以后的两天，只用了“等了一天没动手，两天无有箭一头”两句，就把主人公推向险境；在故事情节的转折处，作品突破了“按下……再表……”的套子，也只用了“慢说鲁肃猜不透，曹操也中了巧计谋”两句唱词，就由借箭的一方转到了放箭的一方。看来鼓词中这种详略得当的手法颇近似于国画中的“用墨如泼”、“惜墨如金”的笔法。在适合发挥诗歌抒情的特长或能够突出人物性格的地方，则用墨如泼，写得酣畅淋漓；反之，凡是那些不适于抒情或与人物性格关系不大的地方则“惜墨如金”，从而达到了既凝练含蓄又细腻动人的诗的要求。

鼓词除了具有一般叙事诗的特点以外，它作为一种演唱艺术的脚本，在语言的运用上要求比一般供阅读欣赏的诗文通俗、更明快、更富有音乐性，以便唱出去使人不假思索地听懂，收到立竿见影的语言效果。清代大戏剧家李渔主张供演唱的曲词“贵浅显”，应当有别于诗的语言，他认为“诗宜蕴借而忌分明，词曲不然，话则本之街谈巷议，事则取其直说明言，凡……令人费解，或初读不见其佳，深思之后得其意之所在者，便非绝妙好词。”但是浅显并不等于浅薄，通俗也并不是粗糙。所以他又主张“善咏物者，妙在含情”，应当“以其深而出之以浅，非借浅以文其不深。”（《闲情偶寄》）优秀的鼓词确是明白如话，令人一听就懂，但绝不是一览无余的水词。比如《昭君出塞》里的一段景物描写：

但只见：云淡淡，雾茫茫，
山罩着青云，咳，云罩着青松……
但只见：山峰下，小溪边，
平平的水，荡荡的风，
山交水来水交风，
喇得啦啦得一声响，
咳！那么流过了小河东。

这一段描写北国风光的唱词，有情有景有声有色，构成了一幅色彩鲜明的风景画，特别是其中用了“云淡淡，雾茫茫”等双声迭韵词和一些感叹词，更增加了语言的音乐美。读起来铿锵有声，披之管弦而歌，听来使人确有“大珠小珠落玉盘”之感。这不是一般的语言，这是经过世世代代的艺人千锤百炼的诗的语言，这种语言具有刘知几所说的“言近而旨远，辞浅而意深”（《史通》）的朴素美。

## （二）

记得在一阕赞美说唱艺术的小词里，似乎有这末两句话：“装文扮武我自己，好像一台大戏。”颇能形象地概括说唱艺术的长处。当然，说实在的，这“一台大戏”并不是真的，它只是演员所激发起了听众的想象而产生的一种“内心视象”（斯丹尼斯拉夫斯基语）；倘使离开了听众的想象，不论演员做怎样的努力，这种作为“内心视象”的“一台大戏”也是无由产生的。因此，有经验的演员，总是能通过自己的艺术活动，去推动和触发起欣赏者感情上的共鸣，让欣赏者利用自己的生活经验，进一步想象和丰富他所创造的那个既成的形象，从而使人从极其有限的艺术中，联想到超越这种艺术手段所能表现的所谓“画外之音”、“言外之意”的形象。

大鼓主要是通过歌唱诉诸人们的听觉的艺术。优秀的大鼓演员，不化妆，也不借助于道具，却能够达到“必一唱而神形毕出，隔垣听之，其人之装束形容颜色气象，及举止瞻顾，宛然如见”（徐大椿：《乐府传声》）的境界。听了小彩舞的《红梅阁》，就好像看到了昆曲舞台上的李慧娘的形象；魏喜奎的《黛玉之死》活现了那个“骨格清奇无俗胎”、“暗香疏影似梅花”的林黛玉；小岚云在《大西厢》里塑造的莺莺和红娘的形象也历历如在听众的面前……真正地达到了使听众于“真中见假，假中见真，真假难分”（盖叫天语）的艺术意境。这种大鼓艺术的意境，是通过演员以唱为主，辅之以做的手段，调动起听众再创造的积极性的结果。

欣赏者的再创造，是以充分地理解了演员的艺术创造为先决条件的；所以要调动欣赏者的积极性，首先就得使听众易于接受。大鼓唱腔的说唱性是保证听众易于接受的重要特点。这里的说唱性，不是指某些长篇大书有说和唱的两个部分而言。而是指大鼓唱腔本身所具有的说唱性的特点而言。北方大鼓的种类很多，非但在唱腔乐调上有京韵、梅花、奉调、西河等曲种的差别，就是同一大鼓，不同的演员在演唱上，也有风格和流派的差异。但是，所有这些千差万别的大鼓腔调，却有一个共同的特点，那就是按字行腔，字正腔圆，融说入唱，化唱为说的说唱性。这种具有说唱性的唱腔的可贵之处在于：其节奏和旋律来之于生活中的口语声调而又高于口语的声调，它具有很强的口语性，但却丝毫也不减抑扬顿挫的音乐美，达到了生活中的口语声调和声乐艺术完美的统一。听大鼓，不论是京韵、梅花、抑或是西河、乐亭、则都能够一字一句地印入耳中，听来一点也不吃力，犹如和知心的朋友在公园里漫步淡心似的，那么亲切和轻松，可以边听边从容地咀嚼其中的意味。

自然，只能使人易于接受的大鼓，还不就是好的艺术；好的艺术还必须使人乐于接受，并且在接受之余有所思索和补充。要达到这样的要求，就得使大鼓的唱腔既要清楚如话，又要韵味隽永。这样的唱腔才能使人百听不厌，味之无极，使欣赏者较之读文学脚本获得更多的美感享受。我国已故著名京剧表演艺术家程艳秋曾经说："唱得好的人，既表达了剧情，也掌握了韵味。"（《程砚秋文集》）可见唱腔中的韵味是和作品中的情相结合着的。唱腔的声情应当表现作品的辞情。所以懂得唱曲艺术的古人也主张"唱曲之法，不但声之宣讲，而得曲之情为尤重，盖声者众曲之所尽同，而情者一曲之所独异。"（徐大椿：《乐府传声》）好的大鼓演员都注意声情和辞情的结合，能够在有数的大鼓唱腔的范围内"因情立体，即体成势"（《文心雕龙》《定势》篇）、创造出最足以表现某一"独异"曲情的唱腔，充分地揭示出处于特定环境中的不同人物的复杂心情。小岚云的《大西厢》的成功之处，不唯她那高昂、响亮而清脆的唱腔悦耳动听，更重要的是这种动听的唱腔，细如毫发地揭示了人物的内心世界。当红娘猜透了莺莺的心事，并且说出了“我小红娘准得保证你们双双对对、对对双双，拜了花堂，入了洞房，你们日久天长”的话，莺莺回答的唱词是：

崔莺莺听此言说：“你就气也气死了我，
你这个小蹄子，一句话说得奴家我们一个透心凉！
我不看你早晚的把奴家来侍奉，
就不容分说，赶上前乒乒乒！给你几巴掌！”

这几句词，在读文学脚本的时候，并没有引起我的特别注意，可是一经小岚云演唱，却产生了惊人的魅力，其内蕴显得那么丰富：莺莺内心欲求红娘请张生相会，却碍于主子的身份，羞于直言，只好拐弯抹角。红娘猜中了她求之不得的心事，她又喜又羞，不得不努力地压抑着那种狂喜的心事，假装出又实在难于装出的一副生气的样子，来申诉——感谢红娘。莺莺当时的那种极其复杂微妙的心情和神态，如果没有小岚云的富于传情的唱腔，是不会揭示得那么淋漓尽致、使人“宛然如见”的。可见，创造成功的唱腔，对于表现和进一步丰富鼓词中的形象，是具有决定意义的。因此，越是那些深入堂奥的大鼓演唱艺术家，也越是严肃地对待唱腔的创造。据说号称鼓界大王的刘宝全，每一个新段子，须经过二年的切磋琢磨的功夫才和听众见面。当代负有盛名的京韵大鼓演员小彩舞的代表作《剑阁闻铃》，也是经过了二十多年的反复演唱和修改，才达到了炉火纯青的程度。任何企图不花费辛苦的劳动，用一套固定的大鼓曲牌，应付千变万化的段子的作法，是不会产生出为人民群众喜闻乐见的大鼓艺术的。

大鼓的表演——做，不同于戏曲的表演。清代著名的评弹艺术家马如飞曾经说：“书与戏不同何也？盖现身中之说法，戏所以宜观也；说法中之现身，书所以宜听也。”（《杂谈》）这两句话巧妙地概括了说唱艺术和戏剧艺术在表演上的区别：“现身说法”的戏剧，要求演员在整个演出活动中，始终以角色的身份出现；而“说法中现身”的大鼓艺术，则是以第三者的“说法”（说或唱）为主，而且又有“装文扮武我自己”的限制，这样演员在演出活动中，就仍以本来面目出现，只是在必要的时候，才偶尔“现身”进入某一角色。这种“说法中现身”的特点，是大鼓的局限，也是大鼓的长处。说它是局限，是它所塑造的形象没有戏剧形象那么具体；说它是长处，是因为演员既可以“现身”摹拟角色，又可以从第三者的角度来说明角色；并且更有条件和听众做情绪上的交流，帮助欣赏者建立无限丰富的“内心视象”。小彩舞在《红梅阁》里表现贾似道这个坏蛋，主要采取了第三者充满憎恶感情的叙述揭露，和第一人称的摹拟相结合的手法。演唱者的感情感染了听众，使听众既了解这个坏蛋，同时也产生了恨之欲其死的感情，在这样的基础上，再辅以对贾似道阴险而狠毒的狞笑和咆哮的模拟，犹如画龙点睛，使这个坏蛋的狰狞残暴的形象，活现在听众的面前。

第三人称的叙述和第一人称的摹拟相结合的大鼓的表演，要求演员做得精练传神，不是以多取胜，而是一以当十，用艺人们的话说就是“点得醒、放得下”。有才能的大鼓演员的目光流盼，眉梢轻颦，手一指，头一抬，都包括着无限广阔的艺术境界。良小楼在《双玉听琴》中并不徒费力气地去摹拟那些事实上摹拟不出来的大观园的远景，只是配合着她那传情的唱腔，鼓箭随着远眺的目光轻轻一指，听众就似乎隐隐约约地看见了“绿叶迷离的蘅芜院、白云缭绕的稻香村”——那幅色彩鲜明的意中图画。林红玉演唱的《闹江州》，开头的“我表的是宋江在乌龙院带酒杀了闫氏女，问了个充军发配到江州关”两句，唱到“发配”的“配”字，安排了一个停顿，她目视听众，在听众也全神注视着演员，急于录求着宋江发配到那里的答案的时候，她才从容地唱出“到江州关”的答案，这样一下子就把听众的注意力引导到故事中去。魏喜奎的《宝玉娶亲》，唱到“宝玉性急那里忍得住，急忙的揭去红罗看阿娇”，也有一个停顿，让观众从演员的面部表情上相象到贾宝玉受了那个突然打击以后，始而惊疑继而失望的不可名状的内心痛苦。大鼓里这种眼神手势的动作和声断意联的停顿，只要能点得醒听众，运用得恰到好处，是可以收到“此时无声胜有声”的艺术效果的。

京韵大鼓的演员，还常常在唱词中加进一些“哈”“咳”“喂”“哎哟”之类的感叹词。比如《闹江州》李逵一出现，唱词是“哈！西大街来了一位讨人嫌。”再比如《大西厢》夸张得了相思病的莺莺：“你们谁见过十七八岁的大姑娘走道拄着拐棍，这姑娘离了拐棍儿手儿就得扶着墙；强打着精神儿我就走了两步，哎哟！可了不得了，大红缎子绣花鞋就底儿当了帮。”这种感叹词的运用或许不被人们注意，我却觉得这确是一个丰富和加强大鼓表现力、充分体现曲艺特点的匠心创造。因为它既可以加强语气，引起听众的注意，起到评书中拍醒木的作用；又可以烘托气氛，增加段子的感染力；更重要的它还是加强演员和听众情绪上的交流的重要手段。因为这种由演员唱出的感叹词，与其说是演员对书中人物的赞叹，勿宁说是听众对书中人物的反应借演员的口唱了出来更为妥当。在这里，听众和演员对人物的感受和爱憎，完全取得了一致，听众觉得演员真正地唱到自己的心里，因此，这种看来很简单的感叹词的运用，却发挥了点醒听众进入艺术世界的巨大作用。

大鼓艺术的表演形式虽然很简单，但是这种简单的表演形式却能够调动起欣赏者丰富的想象力量，使欣赏者围绕着演员创造的艺术形象“寂然凝虑，思接千载；悄焉动察，视通万里……眉睫之前，卷舒风云之色”（《文心雕龙》《神思》篇）。形式简单而内蕴丰富是大鼓艺术的特点和特长，我们应当努力使它发扬光大；离开了它的特点，主张要走什么歌舞化或戏曲化的道路，非但不能提高大鼓艺术，而且是会把大鼓艺术引向死胡同的。

## (三)

从听曲中发现，大鼓艺术中也还有一些能够解决而未解决的问题。这些问题不解决，将使大鼓艺术的不断提高受到影响。

对待鼓词遗产，要批判地继承。鼓词虽然大部分是民间文学作品，但是，它产生在旧社会，作者不可能不受时代和阶级的局限，况且其中还有一些作品出之士大夫之手，所以，有些段子存在一些糟粕也是很自然的事情。这就需要我们做一番“剔除糟粕，吸收精华”的工作。就目前一些演出的段子来看，这个工作做得还很不够，致使一些段子在思想性和艺术性上都还存在一些问题。比如：《雪艳刺汤》歌颂了一个封建社会中敢于反抗暴力的女子，是一个人民性较强的段子。可是最后却拖着一个封建性很浓的尾巴：“这就是雪艳刺汤勤女子是真节烈，她是半酬夫志，半唤愚盲！”鼓曲讲究结尾余音缭绕，给人留下思索的余地。听了这个结尾，我确也思索了：说雪艳的行动是半酬夫志，还倒符合人物的性格，但是那一半要唤的“愚盲”又是谁呢？另如西河大鼓《杨家将》中的《白马告状》一段，当杨六郎的白马闯进了赵德芳的银安殿，寇准和呼丕显两个人，在“识马语”的问题上互相推诿，勾心斗角；而这两个人物又都是写书要歌颂的主持正义敢于斗争的人物。这种为了追求情节的曲折，竟然不惜破坏人物性格的完整性的做法，是极不妥当的。此外，我还听到京韵大鼓《草船借箭》里有这样的唱词：诸葛亮借箭成功以后对曹操说：“你与周郎来争斗，连累山人不自由，周瑜待我如仇寇，他向我要十万狼牙当面收。”这样的唱词是不合情理的，主张联吴伐魏的诸葛亮竟然会在敌人面前公开他和周瑜的内部矛盾和军事机密，这实在是令人难以置信的事情。诸如此类思想性或艺术性上的缺点，在不少的段子中，都或多或少地存在一些，我想，只要演员同志、特别是曲艺团负责编导的同志，认真分析研究，这些毛病是可以去掉的，至少是可以减少的。

鼓词创作的保留节目太少，不只听众有不满足之感，听说曲艺界也为此感到苦恼。新创作的鼓词少吗？就近几年来报刊杂志发表的数量来看，并不算少，可是能唱出去的实在不多，唱出去而能够像《珠峰红旗》《杨母坠楼》《江竹筠》《徐学惠》等段子那么受欢迎的似乎更寥寥可数了。过去有些评论只要提到这个问题，大都归罪于作者，指责鼓词写得公式化、概念化；其实，这个指责并不公道，至少是不全面的。因为一曲大鼓是否成功，有脚本的问题，也有演唱的问题。好的演员救不了质量太差的鼓词，反之，有了好的鼓词，演员唱不好，也是不能成为好的大鼓艺术的。

要提高鼓词的创作水平，固然要依靠曲艺工作者和广大业余曲艺爱好者的努力，但是，好的鼓词是诗，我们的诗人和作家好不好参加一下这个特殊的诗的部门的创作呢？据文学史上记载，鼓词和一切曲词一类的演唱诗，在旧社会会被排斥在所谓文艺的“大雅之堂”之外的。但是，仅管如此，历代凡是和人民有联系的诗人或作家却不顾当时社会上的排斥和打击，终于写作了这样的作品：白居易的新乐府、关汉卿的散曲、贾凫西和蒲松龄的鼓词，就是其中的代表作品。今天，时代变了，党和人民群众把鼓词等曲艺作品看作“文艺尖兵”，我们的诗人和作家能够为党的“文艺尖兵”而写作，也是一项光荣的工作。想来，这样做的结果，不但可以提高鼓词创作的文学性，就是对诗歌创作的民族化和群众化也会有所帮助的。

还有，在我们的鼓词创作的题材和体裁方面，似乎还没有传统曲段那么丰富多采。在传统曲段中既有金戈铁马的《长板坡》《罗成叫关》，也有慷慨悲壮的《风波亭》《正气歌》；有风趣幽默的《蒋干盗书》《偷石榴》，也有匕首投枪似的讽刺作品《吕蒙正教学》和《认亲戚》；有《双锁山》《大西厢》等轻松愉快的爱情颂歌，也有《红梅阁》《黛玉之死》等充满血泪的爱情悲剧；有博人一笑的《颠倒古人》《大杂会》，也有《丑末寅出》《风雨归舟》一类的风景画或山水诗……从体裁上看，有几十万言乃至百万言以上的长篇大书，有二百行左右的小段，也有十言八语的书帽。总之传统鼓词，可以算得上题材丰富，体裁不拘一格。反映现代生活的鼓词创作在题材的广度和体裁的多样化上，应当从中得到启示。我们所处的是一个不平凡的时代，这个不平凡的时代的生活是丰富多彩的。他“既有挥斥风云的一面，也有云蒸霞蔚的一面，即有拔山倒海的一面，也有错采镂金的一面。”（茅盾：《反映社会主义跃进的时代，推动社会主义时代的跃进！》）作为文艺尖兵的鼓词，要反映和歌颂我们的光辉璨灿的现实生活，就必须扩大题材范围，深入和探索到现实的各个方面，运用不同的体裁为我们的时代和时代的英雄写出丰富多彩的赞歌来。

鼓词的创作重要，大鼓唱腔的创造也不容忽视。有了好的鼓词，没有足以表达词情的唱腔，就一定产生“词情多而声情少”的缺点。近来有些新段子,看脚本还颇有诗意，可是听起来却索然寡味，经不起咀嚼。其原因就是演员没有根据鼓词的思想感情进行艰苦的唱腔创造的劳动。要创造出足以表达辞情的唱腔，我们固然不必像刘宝全老先生那么每唱一个段子需要二年的创腔时间，但是他那种对艺术精益求精严肃认真的创作态度，确是值得后辈学习的。

南弹（评弹）北鼓（大鼓），双美对峙。解放后，这一对姊妹艺术，在党的百花齐放、推陈出新的文艺方针指导下，都有了很大的发展和繁荣。但是，应当承认，近几年来的评弹艺术，无论是整理遗产或新作品的创作，抑或是唱腔流派的形成和发展方面，较之大鼓艺术，都获得了更大的成就，从而引起了整个文学艺术界的注意。形势逼人，大鼓艺术应当急起直追，整理出更多为广大人民所喜闻乐见的传统曲段，创作和演唱出更多的反映我们这个伟大时代并无愧于这个伟大时代的演唱诗来，使大鼓这枝艺术花朵，在曲艺的百花园里，开得更鲜艳、更美丽！

1961年7月初稿<br>10月修改

# 诗味、新意、大体合律

——《当代百家旧体诗选》序

五四新文化运动以来旧体诗这种传统诗歌形式，虽然没有被轰倒，但是，半个多世纪以来，一直交着倒霉运却是事实。其实，半个多世纪以来，旧体诗的创作一天也没有停止过。即使象鲁迅这样的新文化运动的旗手，也因“积习难改”，写过不少脍炙人口的旧体诗；著名爱国诗人闻一多也曾“勒马回缰写旧诗”，又如郭沫若、郁达夫、王统照、茅盾、叶圣陶、老舍等许多前辈作家，诗人都有相当数量的诗词佳作传世，加上以“南社”为中心的旧体诗的基本队伍，那阵容和创作实绩就相当可观了。历史的经验说明，民主革命时期，有人写旧体诗，新诗照样发展，反帝反封建的新民主主义革命照样走向胜利。

我们不妨再看一看现实。近十年来，几乎和新诗的西方现代派热的同时，一向被冷落的旧体诗也热了起来。先是大大小小的诗社、词社如雨后春笋，在全国城乡破土而出，继而是内部交流的诗词报刊大量传播，《当代诗词》《诗词报》《岳麓诗词》《爱晚诗刊》《江海诗刊》等十几家诗词刊物公开出版发行。其高潮是一九八七年端午节全国性的诗人词家的组织——中华诗词学会在北京正式成立。从此，旧体诗一倾华盖，开始出现了空前活跃的局面。现在诗坛的形势是：新诗旧体、相映生浑，不同欣赏趣味的读者各得其乐。新诗旧体诗人携手为新时期的社会主义诗歌建设贡献力量，何乐而不为呢？君不见，社会主义的天，虽有时难免飘几丝阴云（那与新诗、旧体皆不相干），仍然是明朗的天，何必杞人忧天倾！

生活在八十年代的诗歌工作者，是应当以开放改革的胸襟，摈弃历史遗留下来的形面上学的偏见，为旧体诗的复苏，为许许多多的旧体诗读者，归根结底也是为社会主义诗歌繁荣，作一点实实在在的工作了。比如，陆续出版一些现、当代诗词选本，这不论对于整理和保存五四以来的旧体诗资料，为研究和撰写现、当代诗词发展史奠定基础，抑或对于新旧体诗歌创作的艺术交流，都将是一件十分有意义的工作。正在编选中的《当代百家旧体诗选》，就是围绕新时期诗歌建设的总题目，由贵州人民出版社提出的一个富于开拓性的选题。无疑的，这是一个难度较大的选题。困难之一，便是选本的题目限定“百家”，而我们这个历史悠久的诗歌泱泱大国，诗人、词家成千上万，在如此庞大的诗人群里，选出百家佳作，不啻大海里捞针。难矣哉！困难之二，便是编选者审美情趣和艺术眼光的局限，所谓“夫篇章杂沓，质文交加，知多偏好，人莫圆该。慷慨者逆声而击节，蕴藉者见密而高蹈，浮慧者观绮而跃心，爱奇者闻诡而惊听。会己则嗟讽，异我则沮弃，各执一隅之解，欲拟万端之变。所谓‘东向而望，不见西墙’者也”（刘勰：《文心雕龙•知音》）编者从事编辑业务多年，平素也常常以“允许偏爱、不要偏废”的原则警惕自己，尽量做到不因诗歌风格不同而厚此薄彼。但是在具体篇目的取舍上，是很难不受编选者审美观点和艺术眼光左右的。再加上编者占有的资料有限，这个选本不可能囊括当代诗词的所有佳作，它只能选入编者阅读范围内的好的和比较好的诗词作品。因此，这个选本只能是一家之选，好在，旧体诗也开始出现了多家争选的趋势，如果有各具特色的几种或多种选本选后问世，那将出现一个诗词选本的百花齐放，我们的读者也将有选择的余地了。

或问：这个选本入选作品的标准是什么？请允许我直言奉告：我所认为当代诗词中好的和比较好的作品是：一、有诗味；二、有新意；三、大体合律。或者说这就是我编选这个选本时所依据的一个衡量作品的标准。也是本人作为一个诗歌编辑，为《诗刊》编旧体诗栏的选诗着眼点。

诗味究竟是什么？我说不清楚。但是我知道，像人们品尝菜肴，讲究色香味一样，读者在阅读诗词作品时，也颇讲究诗味的有无浓淡。而且有没有诗味，常常关系到一首诗的诗或非诗的界分。

人们的阅读实践证明，一首好诗，可以使读者一见倾心，再读钟情，反复吟咏，不忍释手，所谓好诗不厌百回读。诗中流动着的那种个性鲜明的情绪美、意境美、音韵美作用于读者，恰如美人“临去秋波那一转”一样，产生摄人心魄的魅力，使人经久不忘。比如李商隐《无题》诗中，那种缠绵悱恻、委曲婉转的哀伤情致，时隔千载，读之仍能摇人心旌，使人不免为之黯然伤神。杜牧的那些山程水驿之作的绝句，流露出的清新自然的韵味，像一曲曲江南牧笛，至今，也还“使味之者无极，闻之者动心，”可以称得上“是诗之至也”（钟嵘：《诗品序》）。总之，凡读者感到有味的诗，都不是耳提面命的说教，不是枯燥乏味的议论，也不是某一事物过程或景物场面的实而又实的说明，而是把采之现实生活中的诗意，通过“诗缘情而绮靡”的艺术审美手段，升华为“言在耳目之内，情寄八荒之表”（陆机：《文斌》）的新鲜、独特的诗的意象、意境。读这样的诗，可以引起读者“寂然凝虑，思接千载；悄焉动容，视通万里”的广泛的艺术联想——读者的艺术再创造。古人论诗提出的“含不尽之意于言外，使人思而得之”的要求，或许和诗味的内涵，相距不远了吧！

另外，我体会到，有诗味者，必有真情；或歌，或哭，或喜，或怒，或怨，都应当是诗人真性情、真感受的流露。或者说，诗中必须有一个有血有肉有灵魂且鲜明个性的诗人，在那里畅怀叙志，和读者朋友交流心声，而不是出于某一功利目的矫情虚饰。没有真情实感的虚假的诗，任他技巧如何圆熟，制作出来，充其量是纸花、锦花、塑料花，那是索然无味的。

有些旧体诗，读来也有点韵味，但仔细一辩，那味，却像出土文物一样，带着一点霉味。这样的诗味不为当代读者所喜闻乐赏，因为喜欢古色古香的古味，读者尽可以到唐诗、宋词、元曲或更古老的《诗经》《楚辞》中去欣赏，不必要在今人制造的诗词古董中耗费精力。可惜的是，当代旧体诗中，却有为数不少的平仄格律工整的假古董。为了防止以假乱真，这就关系到当代诗词必须具备的新意问题了。

新意，如果从诗味的角度考察，那是一种凝结着时代泥土气息的今色今香今味，或谓之“活色生香”。当然，如果全面地考察旧体诗的新意，必须涉及到诗的内容形式多种因素，诸如题材、立意、构思以及语言、韵律的创新或出新问题，但是衡量作品有无新意最重要的还应当看作品是否表现了和时代精神一致的当代意识。

所谓大体合律，首先是要遵守旧体诗的格律。比如写近体诗，要讲究平仄韵律，所谓“名理有常，体必资于故实。”这一点不能动摇，不然，写出的作品就不是近体诗了。但是，实现格律的审音用韵标准，却应当根据当代语音变化了的实际，有所改革，而且必须改革。所谓“通变无方，数必酌于新声”（刘勰：《文心雕龙》）。道理很简单，当代诗人写诗填词。是供当代读者阅读欣赏的，不是给古人当供品摆样子的。这自然应当运用当代人通用的普通话语音作为诗词创作的审音用韵标准。考虑到目前诗词创作用韵的实际情况，应当采取两条腿走路的方针，一、继续使用传统诗韵，二、使用普通话诗韵（包括十三辙），两者一律平等，都叫做大体合律。此外，大体合律，还包括在保证诗味和新意的前提下，适当地放宽韵律的限制，比如当诗的意象、意境和平仄格律发生矛盾时，允许个别字词的突破，不能以词或以音害意。其实，古代有些大诗人的作品，早就有这样的先例了。前人提出的一、三、五不论，二、四、六分明，以及拗救、拗不救，一词数调……说穿了，都是古代的诗词大家创作实践中突破格律的证据。

上面提到的这三个标准，在这个选本中是否得到兑现？抑或兑现了几分？实在没有把握。如果有读者问，这一个选本，和目前已经出版或即将出版的另外诗词选本的主要不同点是什么？那我倒可以明确地回答：这大体上是一本新文艺工作者的旧体诗选，或者说是当代新诗人、作家较集中的一个旧体诗选本。收入这个选本中的一百一十多家，除少数几家是从事古典文学、诗歌研究的专家外，大多数是新文艺或新文化工作者。这里有著名的新诗人、小说家、报告文学家、戏剧家、文艺理论家、新闻记者……我之所以着眼于这一个“百家”，主要是因为这些作者的诗词作品，比较符合上述三条标准。尽管他们之中的个别作者，平仄格律没有某些诗词专家、教授那么工稳，但是他们却以新文艺、新诗歌的艺术创造精神，给旧体诗这一古老的诗歌艺术，注入了新鲜血液：他们把新诗言人民之志，抒时代之情的革命现实主义原则，贯穿于旧体诗的创作实践中，突破了旧体诗吟风弄月、流连山水、赠答酬酢的狭小天地，赋于旧体诗以鲜明的时代色彩和浓郁的生活气息。他们从生活出发，选择富于表现力的现代口语，并化用至今尚活在人民生活中的古代文学词语作诗填词，摆脱了旧体诗死气沉沉的书卷气，使之具有了生动活泼的清新自然感。他们的诗词作品，风格不同，个性迥异，但是却有一个十分可贵的共同特点，那就是新：题材新、立意新、境界新、语言也新。正因为有了这个新字，才给旧体诗创作带来了勃勃生机，给读者带来了一新耳目的新鲜感。这一点恰恰是应当引起另外一些旧体诗作者充分重视和认真学习的。

# 关于《村歌唱晚》的通信

金亭兄：

问好。记得收到兄的《村歌唱晚》时，一气读完，说写点读后印象，因忙乱延搁，一直耿耿于怀。正春和景明之日，弟却在病中，惟读诗以送日，才得以重读兄诗，寄兄信。

你说，你对旧体诗的追求是：为时为事而作，有真情实感；有新意，有诗味，有时代感；大体合律，有韵。这些想法我是极赞成的。《村歌唱晚》正是你这种追求的结晶。

你写诗是极认真，极刻苦的，你从不跟我一样，有时匆忙成篇，更从不无病呻吟，以创作丰富自乐。你的每一首诗都是反复推敲，数易其稿。在虎坊路15号，我们每有新作，互相切磋，一字工稳，相视而笑，那实在是非常美好的记忆！《村歌唱晚》是你从几百首作品中选出的，可以说篇篇严谨，字字用心。诗是诗人的镜子。你不屑于写卑微琐细的无聊之句，你为人生，为社会有感而发，寄志抒情。这本集子，有村歌俚曲，有山川礼赞，有对革命领袖缅怀，有咏史，有听歌；有歌颂，也有讽喻。在我看来，这些都是基于你对人生之爱。你是心怀炽爱的诗人，你的感情世界，你的人格，在关于乡情、友情、爱情的篇章里得到充分坦露。

组诗《村歌唱晚》26首和《齐鲁杂咏》10首，清快流畅，朴素天然，是新时期中国农村的风情画，我很喜欢。“千村百社夯歌里，崛起新楼绿树丛”，“驾机郎伴荷锄女，对唱新翻茉莉花”，如一幅幅水粉画，有意境，有韵味，又有时代感。你出生在农村，对农村有深厚感情，你不只把农村做为审美对象描写，同时融入你对家国命运的关切。你从“红缨花鼓消息树，长剑大刀炎汉魂”的峥嵘岁月走来，你希望乡村岁月安定，你高呼：“我向天公重寄语，莫牵雷暴震农村”，赤子之心，跃然纸上。

你重乡情，也重友情。《读阎一强遗作》《读诗寄苗得雨》以及赠丁庆友、王安友、蓬窗、王昌言和赠我的诗，都写得有感情，有意蕴，不是为赠答而赠答的应酬之作，只有对朋友真交，真知，深交，深识，才得真诗。赠塞风诗写道：“中原鸣镝催征骑，蜀道悲笳咽塞风。傲骨羞于抚创痛，丹忱不悔报中兴。”四行诗写出了诗人的经历和品格，甚为难得。

如果说乡情、友情诗句是你感情真切流露，那么，《哭妻十三首》则是字字血、声声泪，让人肝肠寸断。“只影残灯午夜分，苦茶泡冷未归魂。痴心欲与商家事，一唤遗容一碎心！”（之四）；“雪柳萧萧冷月哀，虎坊夜夜旧楼台。相逢怕惹痴夫泪，寻梦千回未敢来”（之十）情浓意炽，极尽哀思，无逊于元稹悼亡诗和苏轼《江城子》，若非“挚爱夫妻”，断难写出如此文字。血泪诗篇，血泪凝结，情之所至，真诗乃成。代价实在太大，太大，大不幸换来十三首好诗？春苓嫂夫人有知，必含泪微笑于九泉。你作诗，不拘一格一法，诗的气韵因感情不同而运定。哭妻诗直抒胸臆，以情感人，《无题三首》则朦胧美丽，大有李商隐遗风。“青鸟无期云渺渺，幽人何处月娟娟。罗浮梦冷千山雨，蓬岛魂归一缕烟”，柔情婉婉，音韵纡徐，非常有美感效应。

兄善七言，我未读过兄一首五言诗。而在七言诗创作中，兄善描写，往往二十八字，形神俱生，写出本色。如《夜宿下丁家》：“山环水绕小山庄，千树娇梨斗素妆。最爱金沟花月夜，袭人冷艳梦魂香。”梨花月夜，如幻如真，撩人情思！

重真情，重诗味，重音韵，是兄的追求，自然，明丽，质朴，是兄的基本风格。你写诗回避用典，将当代口语诗化，（如“莺声未若的溜圆”），也使用有生命力的文言词语，我都是极赞成的。当然，个别词句还可推敲，《胶东路上》两个“青”字，首句“青”或可换成“晴”；又，“寻梦千回未敢来”的“敢”字，我想换成“肯”或“忍”更有情味，不知兄以为如何？

“庾信文章老更成，凌云健笔意纵横”，我相信，吾兄更好的绝唱还在后头。

此颂

吟安！

弟　刘章

1992年4月8日于天下第一庄

# 读杨金亭先生的《虎坊居诗草》

秦中吟

在当代诗词多声部合唱中，杨金亭先生是位用自己的声音为人民歌唱的诗人，也即有独特个性的诗人。虽然他谦虚地说自己只是具有28年编龄的编辑，是诗词业余作者，但我却以为这正是他自己声音的一个特点。因做园丁，见识丰富，情况熟悉，讯息灵通，才眼高手高，犹如乐队指挥，知道唱其所当唱。其实，编辑诗词也是无声胜似有声的歌唱，虽忙，直接写诗少了些，但却少而精。

《虎坊居诗草》只220个页码，收入了420首诗词作品，附有几篇曲艺作品，比起洋洋大观者，自然不算多，但列入《当代名家诗词集》从书却是当之无愧的。

当今自称诗人的人很多，多的是自我玩味，人云亦云，千人一腔，万人一调，依律写诗，按谱填词曲，规格化、模式化地表现自我，少的是用自己的声音为人民唱歌。更有人“为赋诗词强说愁”，以虚情假意装扮自己、粉饰生活，或把生活描绘得一团漆黑，而金亭先生这位早年投身革命的山东汉子，却不是为写诗而写诗，更不是为表现自我与谁一争高下而写诗。他写诗是为了“言志抒情”，言人民之志，抒革命之情。他的诗是他人生征途上情感历程的记录，有当年革命的和参加共和国建设的豪情，也有因历史的挫折和人民一样不幸的悲痛，但却不是伤心的哀号。纵是艰难困苦时刻，他的理想和信念也始终未曾动摇。他的诗是齐鲁雄风和京华雄风合力奏响的历史前进的昂扬足音，也是他胸膛豪放的心声。真诚是其基调，阳刚美是风格特征。从《齐鲁杂咏中》我们看到一踏上诗人的故乡，走在“胶东路上”，情感就与乡亲们一拍即合。从“草编作坊”致富的山村排灌站，到书、画展的观察、体验与感受，多侧面、多角度地描写和反映了家乡的沧桑巨变、现代物质和精神文明建设，热情赞扬了“齐鲁女儿多巧手，丝绸路上斗新奇”，改天换地的经天伟业和创造精神，字里行间，无不散溢浓郁芬芳的生活气息和诗人浓浓的乡思。《寄儿童团旧友》《谒宁津烈士祠》两首七律，则从历史角度回忆了自已幼年参加革命的悲壮生活，表现了自豪之情与对烈士的敬仰。《竹枝词•农村春晓》组曲是新的田园诗，从民俗风情的角度，进一步写出了家乡变化的新气象，也写出了诗人对故乡的深沉思念。《燕赵悲歌》等组诗，写的是华北平原和京都历史的风云纵横，是共和国与人们的命运交响曲。不论是当年的燕赵悲歌，还是当代共和国遍地建设的喜歌，尽都充满豪情，纵是“霜压燕山枫叶丹，乱云恶雨欲吞天”的年代，也见“地火无声埋坝下，战歌砺剑裂冰川”（《京华忆旧之一》），正是“为有牺牲多壮志”才教“千秋浩气萃丰碑”（《丰碑》）。而诗人的作品，就是为燕赵英雄丰碑所写的碑文，因与碑挺立而价值永存。

新时期以来，诗人唱的大都是共和国建设的颂歌，色彩明丽，欢乐中而不失忧患，但忧而不失理想，不像一些人在受西方文艺思潮冲击时晕头转向，丢了为人民歌唱的旗帜，自己的时代使命和历史责任，走向“边缘化”，或钻进象牙之塔卿卿我我私语起来，“只表现自我心灵秘密，不屑于表现人民的丰功伟绩”，更鄙视英雄，还有恬不知耻者以下半身写作为荣。在此时，金亭同志不论在《诗刊》社，还是在《中华诗词》杂志社工作，一直保持着清醒头脑，与众多诗界有志之士共同力扛“诗言志”、“为时为事而作”的现实主义吟旗，放声为人民歌唱，并率先探索、开辟诗歌主旋律与多样化统一的道路，从而也促进了诗词多样化新格局。他的《无题》《杂感抒怀》尤其是《七一抒怀》《己巳杂诗》等，集中歌颂了党领导的革命和社会主义现代化建设，抒发了热爱党和各族人民的至诚挚爱，首首都是主旋律活跃的音符。一曲《中华正气歌》则全面表现了中华民族“贫贱不能移、富贵不能淫、威武不能屈、舍身以成仁、精诚昭日月、功烈泣鬼神”的浩然正气和崇高民族精神。这种豪迈精神还表现在他的《西行吟草》中。

作为西部汉子，我读此诗感到格外亲切。

我国西部是以爱国主义、豪放阳刚之美为特征的边塞诗产生的基地。它的壮美山川、各族人民的艰难生存环境、艰苦奋斗精神，最能体现中华民族的性格，雄浑大气，引“无数英雄竞折腰”，也引金亭先生诗兴大发。诗人也曾说过。他一到西部就有了诗的灵感。是的，西部是给人以灵感的地方，也是孕育雄风的厚土。

上个世纪九十年代初、中期，金亭先生曾先后到宁夏、甘肃、新疆等地参加诗会，并以诗人的热情与新鲜感觉一发而不可收地写下数十首西部诗——当代边塞诗。诗中浓墨重彩地描写了西部地区的壮丽山河、人文景观、风土人情、现代化生态建设，表现了西部各族人民改变自己命运的豪情壮志。

《银川抒感》这首七律，集中地表现了他的西部诗的思想和艺术特点。铁马悲笳识贺兰，秋风吹鬓到银川。夏王陵墓颓残瓦，绝塞城乡杳战烟。水漫稻田河套富，草肥漠野马蹄欢。花儿唱彻关山月，诗兴撩人上碧天。

银川是塞上明珠，写银川就是写塞上。“铁马悲笳识贺兰”高度概括了塞上银川的悲壮历史和诗人的感受。贺兰山是西部各族人民团结挺立的象征。“夏王陵墓颓残瓦，绝塞城乡杳战烟”，何止是银川的沧桑巨变，也是整个边塞地区历史巨变的普遍写照。“水漫稻田”“草肥漠野”，准确地表现了新时期银川、也是边塞地区的生态建设。“花儿唱彻关山月，诗兴撩人上碧天”以灵动的笔触写出了银川、也是整个边塞地区的诗情画意，各族人民共同的喜悦豪情。

“塞上江南”银川，具有刚柔相济的美。金亭先生的整个诗也都显示了刚柔相济的美学风格。集子中除歌唱主旋律的阳刚外，也有歌唱多样化的阴柔。从题材上说有写山川风物、湖光山色、风俗民情的绝句和竹枝词，也有题诗书画、表现友情（如《赠友人》）、乡情（《乡亲》、《归故乡》）、亲情、爱情（如《哭妻》、《两地诗笺》）的律绝。它们都以真情实感反映了诗人丰富多彩的心灵世界、精神境界。最使我感动的是《两地诗笺》中的篇章，尤其是忆与诗人相处五年共忧乐的妻子罗密，也即素梅的《忆梅词》。它情真意切，句句皆为肺腑言，首首都是断肠吟，有着“感天动地泣鬼神”的力量。这些诗柔情似水，但又不失阳刚之气；思念悲痛欲绝，但却精神不颓，而是化悲痛为力量，以“俯首牛耕不计程，拼将心血润花丛。马翁旗下应无愧，磊落光明一列兵”的无私敬业精神慰藉亡魂。这种积极的悲情，既是诗人情感多样化的反映，但又“化而不失本调”（明•胡应麟），不失豪放阳刚的主旋律。

金亭先生的豪迈情感，是通过他所选择的与之相一致的直率抒情方式，也即粗犷苍劲意象和通俗易懂的语言及其描绘的艺术境界表现出来的。这也就是他的诗词艺术特色，当一些人目光只看到美丽的自然景物、变化的物质，金亭先生则以开阔的视野、敏锐目光透过表面立起高远之意，并以独特想象选取与捕捉到的足以对应情感的大象，以构成意象，其意象也就有了深刻历史意蕴和文化品位。如描写华北平原的“长城烟尘”“平原烈火”“狼牙悲歌”“长河落日”“燕赵悲歌”等。就是写白洋淀这样风景优美的地方，也不只是湖光山色，而是以“芦荡血殷凝紫浪”，为自然风光增强了历史的纵深感觉与现实的厚重感。在西行中，诗人选取的则是“铁龙啸绿锁沙龙”，“横穿大漠逐鲲鹏、浩荡高塞万仞风”的雄伟景象。

作为意象外壳的语言，金亭先生也有自己的特色。他从生活及古汉语的矿藏中开采，提炼出如铁马金戈、长剑、烈火、铁板铜钹、大漠雄风等铮铮作响，色彩亮丽明白如话，又富有生命力的语言来达意抒情。这种与他气质相同的意象及语言的选择与运用，就决定了他独特直率豪迈明白的抒情方式。直率并非直白浅露，而是通过形象、明白的语言，直接传达情感，也即梁启超所说的“奔进表情法”。它与委婉含蓄风流蕴藉的间接传达方式一样是我国传统诗词常用的情感传达方式。两者如孪生兄妹，在美学上本无高低贵贱之分。“文章殊术，莫不因情立体《文心雕龙•定势》，也正如宋人陈师道《后山诗话》所说“文各有体、体各有当”，“用于天下，不可偏废”（明•李东阳）。不论什么方式，关键在于有无真情实感。有，直也感人；无，曲也浮泛。比起间接含蓄的抒情方式，直率豪迈的抒情更多男子汉阳刚之气。它便于慷慨陈词，表现复杂人生和急剧变化的社会生活。现实主义和浪漫主义诗人，为呼唤人民为理想斗争，常常采用它。金亭先生诗的抒情方式多的是这样。但也不乏含蓄。如《枣树》《牧笛》《夜曲》《秋山红叶》《漓江雾韵》等诗则用了借物言志的象征手法，有的即景生情，或融情于景、情景交融。但诗人的使命感使他的诗更多采用直抒胸臆的方式，尤其是题赠友人之类的诗，坦诚、爽直，完全是山东汉子的气质，性格。

这样的诗同样富有意境、韵味、同样是美的，如果说婉约的诗主要是通过情景交融的手段描绘和谐优美意境，那么金亭先生的大部分诗则以情境（事境、物境）统一的手段描绘了崇高和谐美艺术境界。“有境界则自成高格”。金亭先生的诗表现的是高格至境。重振诗国雄风，需要的就是这样豪放阳刚之美的诗。

这样的诗同样富有韵味。“韵为生动之趣”（朱光潜）。最生动的是人的情趣。人格不同，也就趣味各异，诗的韵味也就不同。偏重描写自然的诗，韵味淡远隽永。金亭先生描写田园风光的绝句、竹枝词不乏这样的韵味。而描写社会政治生活的特别有豪放、深沉的韵味。如山东的莱阳梨、延安的米酒、吐鲁番葡萄，味道甘美醇厚。只要读“血溅平原存正气，刀横强虏振雄风”（《读宁津文史资料》）“历史不磨燕赵气，一洗河山日月光”（《古城感怀》）、“燕赵古今多俊杰，萧萧易水北风寒”（《狼牙悲歌》）“好凭浪漫仙人气，点染炎黄岁月新”（《嶂石岩诗会赠石门诗友》）这些富有豪壮情趣、理趣的诗句，就不难品出它的韵味。

我们的时代永远需要用自己声音歌唱的诗人，期望金亭先生为人民歌唱的声音再响亮动听些。